Anonymous

Rosalie, das eingemauerte Mädchen oder der Mensch als Teufel

Eine Wiener Kriminalgeschichte des gegenwärtigen Jahrhunderts

Anonymous

Rosalie, das eingemauerte Mädchen oder der Mensch als Teufel
Eine Wiener Kriminalgeschichte des gegenwärtigen Jahrhunderts

ISBN/EAN: 9783742883568

Hergestellt in Europa, USA, Kanada, Australien, Japan

Cover: Foto ©Andreas Hilbeck / pixelio.de

Manufactured and distributed by brebook publishing software (www.brebook.com)

Anonymous

Rosalie, das eingemauerte Mädchen oder der Mensch als Teufel

Wohl mit Recht wird mancher der edeldenkenden Leser und noch mehr der zartfühlenden Leserinen der nachfolgenden Blätter empört sein über den verworfenen Charakter eines teuflischen Weibes, das durch körperliche Schönheit und Reize vor Vielen ausgezeichnet war, in der Gesellschaft zu glänzen und den Mann ihrer Wahl zu fesseln und glücklich zu machen, wenn sie je vermögend gewesen wäre, sich Einem zur Lebensgefährtin in unverbrüchlicher Treue hinzugeben; noch mehr aber wird die teuflische Lust empören, welche diese Furie von einem Weibe daran gefunden, ein schuldloses Wesen, das ihrer Obhut und sorgfältigen Pflege übergeben und anvertraut war, auf namenlose Weise zu züchtigen und zu quälen, und so an den Rand des schrecklichsten Elendes zu bringen.

Auf der entgegengesetzten Seite stellt sich uns in dieser Erzählung der Charakter eines Mannes im ungünstigsten Lichte dar, der durch seinen Reichthum, zu welchen er durch glückliche Umstände gelangt war, berufen gewesen wäre, in der menschlichen Gesellschaft ine rühmliche Stelle einzunehmen, wenn nicht sein unverzeihlicher Leichtsinn und seine zügellose Leidenschaftlichkeit für diese nichtswürdige Person ihn noch im späten Mannesalter dahin verleitet hätte, der blinde Zuschauer eines Verbrechens zu werden, das vor Allem durch ihn hätte verhütet werden können und sollen, und so sein schimpfliches Ende von sich abgewendet haben würde.

Gehen wir nun zur Geschichte selbst über.

I.

Im Jahre 1820 starb in dem Zuchthause zu Wien die Frau des reichen Bürgers Albert Gröbler, wohin dieselbe durch die Hartherzigkeit und den Geiz, welchen der Mann ihr gegenüber an den Tag legte, unverdienter Weise gelangte.

Gröbler lebte mit seiner Frau, Namens Rosalie, im größten Unfrieden. Er warf ihr stets vor, daß sie kein Vermögen besessen, und daß er durch eine reiche Partie sich schon im Jahre 1807, zu welcher Zeit er wahrscheinlich Rosalie heirathete, auf eine glänzende Stufe hätte bringen können. Die arme Frau badete sich über solche unverdiente Vorwürfe in heißen Thränen; er aber mißhandelte sie, wenn sie weinte, und eilte in die Arme Anderer, um sich — seinen Mißmuth zu vertreiben.

Dabei hielt er die arme Frau so knapp, daß sie, um den Unterhalt der Kinder zu bestreiten, im Geheimen Schulden zu machen genöthiget war, und als ihr Mann einst gezwungen ward, diese Schulden zu bezahlen, jagte er die arme Frau aus dem Hause und leitete eine Ehescheidungsklage gegen sie ein.

Die Scheidung wurde gerichtlich bewilligt und der verlassenen Gattin ein so karg zugemessener Subsistenzgehalt ausgeworfen, daß sie gezwungen war, neuerdings Schulden zu machen.

Allein die Unglückliche hatte nun keinen Credit mehr. Als sie eines Tages nothwendig 300 fl. benöthigte, für welche sie einem in Wien damals bekannten Wucherer 600 fl. verschreiben mußte, gab dieser die gewünschten 300 fl. nur unter der Bedingung her, daß der Schuldschein auch von ihrem geschiedenen Gatten mit unterzeichnet werde.

Diese Bedingung zu erfüllen war der Bedauernswerthen unmöglich. Die stipulirten 300 fl. mußte aber Frau Rosalie haben, weil andere Wucherer, und besonders ein Paar hartherzige Advokaten sie wegen mehrerer kleinerer Beträge in den Schuldthurm wollten sperren lassen. — In ihrer Verzweiflung machte sie die Handschrift des von ihr geschiedenen Gatten nach.

Als sie zur Verfallzeit nicht bezahlen konnte, produzirte der Wucherer dem Gröbler die Verschreibung. Dieser erkannte sogleich das Falsifikat; er war schändlich genug, die Mutter seiner Kinder dem Kriminalgericht zu übergeben, und die arme Frau wurde zu zwei Jahren schweren Kerker verurtheilt.

Neun Monate saß sie bereits in Eisen. Die Schande, der Verlust ihrer Freiheit, die Zuchthauskost führten sie bald an den Rand des Grabes. Ehe sie aus dieser Welt scheiden sollte, wünschte sie noch ein Mal ihren Gatten und ihre Kinder zu sehen.

Gröbler erschien nicht an ihrem Sterbebette, aber die Kinder, deren älteres ein Mädchen von 10 Jahren war, durfte sie umarmen. Da bot sie diesem in Gegenwart seiner noch übrigen Geschwister, drei Mädchen und einem Knaben, auf, dem Vater zu sagen: „Gott werde ihn dereinst schwer heimsuchen. Es habe ihr geträumt: Albert Gröbler werde in demselben Strafhause, in eben so schimpflichen Ketten sein Leben aushauchen, wie sie!"

Diese verhängnißvolle Weissagung seiner sterbenden Gattin wurde von den Kindern Gröbler getreulich hinterbracht, war aber nicht im Geringsten im Stande, seinem Sinn oder seiner leichtfertigen Lebensweise eine andere Richtung zu geben.

II.

Nachdem Gröbler von seiner Gattin geschieden war, hatte er im Januar 1817 auf einem Balle im Sperl, den der damals so beliebte Hofschauspieler Schwarz veranstaltet hatte, und wozu nur sehr distinguirte Personen Zutritt erlangten, eine Dame kennen gelernt, welche an Schönheit und liebenswürdigem Benehmen alle anwesenden Frauen und Mädchen weit übertraf. Gröblers Herz war bei dem Anblick solcher Schönheit Feuer und Flamme und das unwiderstehliche Verlangen nach ihrem Besitz sein einziges und höchstes Ziel. Nach den eingezogenen Erkundigungen hatte er erfahren, daß diese außerordentliche Schönheit bereits einem jungen Kaufmanne aus der Provinz, Namens Zalenka, als Gattin angetraut sei.

Diese Nachricht war allerdings für Gröbler eine höchst niederschlagende, indem dadurch die Hoffnungen, die er auf die Erlangung derselben gehegt, um ein Bedeutendes in den Hintergrund gedrängt wurden.

Madame Zalenka war eine Persönlichkeit, die wirklich alle Reize besaß, die einer vollendeten Frauengestalt eigen sein sollen; sie war groß und schlank, dabei üppig gebaut und majestätisch in ihren Bewegungen. Ihre herrlichen glühenden Augen, von lieblichen Brauen umschattet, die langen Wimpern an ihren Lidern, der fein geschnittene Mund, und Zähne so fein und weiß, daß es, wenn sie lächelte, aussah, als hätte sie die kostbarsten Perlen im Munde, um das Purpurroth der Lippen noch mehr hervorzuheben, erfüllten selbst die Frauen, die gewiß ihres Gleichen nicht leicht den Vorzug gönnen, mit Bewunderung für diese neue Hera.

Und dennoch wohnte in diesem schönen Körper eine so teuflische Seele!

Auf dem erwähnten Balle, wo bereits Mangel an Platz für die zahlreichen Gäste sich fühlbar machte, war Gröbler es gelungen, Herrn Zalenka nebst seiner Gemahlin an seinem Tische einen geeigneten Platz zu offeriren.

Wir müssen hier bemerken, daß Gröbler durch seinen Reichthum und seine Vergnügungssucht bereits eine stehende Figur in dem bunten Gewoge der Stadt Wien bildete. Ueberall sah man ihn; auf allen Promenaden, auf allen Bällen, in allen Theatern und Conzerten, sowie in den brillanten Umgebungen Wiens. Obgleich schon in den Jahren vorgerückt, kleidete er sich doch wie ein Stutzer, hielt sich die schönste Equipage, und suchte auf solche und ähnliche Weise Aller Augen auf sich zu ziehen.

Kein Wunder also, daß er an jenem Abende auch der Dame Zalenka auf jede Weise sich bemerklich zu machen suchte; die indeß wohl weniger seiner Persönlichkeit, die sie nicht besonders anzusprechen schien, als vielmehr seinem außerordentlichen Aufwande, mit welchem er ihre Bewirthung sich angelegen sein ließ, eine für den Augenblick nicht zu enträthselnde Aufmerksamkeit zuwendete.

Aus dem Gespräche, welches Gröbler mit der Dame seines Herzens anknüpfte, erfuhr er, daß dieselbe in Brüssel geboren, nunmehr im achtzehnten Lebensjahre stehe; daß ihr Vater französischer Sprachmeister war, der, als sie neun Jahre zählte, nach Wien übersiedelte, wo er nach Verlauf weniger Jahre starb, und ihm auch ihre Mutter bald folgte. Bei einer Tante erhielt sie nebst einer Schwester ihre weitere Erziehung und Ausbildung, und bei dieser lernte sie, wie sie Gröbler auf seine dringenden Fragen im Verlaufe des Gespräches weiter erzählte, vor sechs Monaten ihren jetzigen Gemahl kennen, der als Kaufmann in Tyrnau ansäßig und mit dem sie nun seit drei Monaten verheirathet sei.

„Jesus, Maria und Joseph!" rief Gröbler bei dieser Mittheilung aus.

„Warum erschrecken Sie?" fragte Madame Zalenka.

„Weil ich Tyrnau kenne; das verhält sich zu Wien, wie ein Erdapfel zu einem Paradiesapfel."

„Wohl möglich! Allein die Frau muß ihrem Manne folgen."

„Ich wünschte, daß Sie ungehorsam wären."

Frau Zalenka lachte in ganz eigenthümlicher Weise.

Mittlerweile wurde das Souper servirt; man aß und unterhielt sich aufs Angenehmste, nur war es nicht selten, daß Gröbler, auf dessen Kosten die Tischgesellschaft regalirt wurde, dieser Anlaß gab, sich über seine besonderen Manieren und Aeußerungen lustig zu machen.

„Wie kommt es, fragte Gröbler, Frau Zalenka, daß der Herr Gemahl nichts spricht?"

„Ich muß bedauern, daß er so schüchtern ist." —

„Mein geehrter Herr, wendete sich Gröbler an Zalenka, es scheint, daß Sie sich hier nicht sehr unterhalten; was kann ich thun, um Ihnen das Souper recht angenehm zu machen?"

„Sprechen Sie weniger mit meiner Frau, entgegnete der Gatte; sie scheint ja nur für Sie auf dem Balle zu sein!"

Gröbler, der so eben eine Auster zurichten und der schönen Frau präsentiren wollte, fiel diese aus der Hand.

„Sapperment! sagte er zu der Dame, der Herr Gemahl ist eifersüchtig!"

„Das ist er immer!" entgegnete Frau Zalenka. — „Mit Unwillen setzte er sich hieher; ich aber bin glücklich, daß ich in so angenehmer Gesellschaft mich befinde."

Gröbler bezog diese Aeußerung auf sich und fühlte sich dadurch ungemein geschmeichelt.

Der Ball begann und Madame Zalenka tanzte mehrere Touren mit einem jungen Architekten, einem Tischgenossen von Gröbler, da ihr Gemahl kein Liebhaber des Tanzes war, Herr Gröbler selbst aber mit dem größten Beileide sich entschuldigte, daß er nicht gut tanzen könne, daher leider auf das für ihn so große Glück verzichten müsse, mit ihr sich in den Reihen der Tanzlustigen bewegen zu können.

Durch ihren Tänzer erfuhr nun Frau Zalenka die näheren Verhältnisse Gröblers, namentlich daß er ungemein reich und ein besonderer Verehrer schöner Frauen sei, für deren Besitz er schon so manches namhafte Opfer gebracht habe.

Das war Wasser auf ihre Mühle; denn so jung diese Frau war, so hatte sie es durch ihre bewundernswerthe Schönheit in der Kunst, reiche und vermögliche Galans für sich kirre zu machen, schon ziemlich weit gebracht, während sie anderseits nur jenen Männern wahrhaft zugethan war, die durch ihre körperliche Schönheit ihr entsprachen. Unter diese aber durfte Herr Gröbler sich wohl am wenigsten zählen; daher mit vollem Rechte anzunehmen ist, daß Madame Zalanka es nur auf dessen pekuniäre Verhältnisse abgesehen hatte.

Herrn Zalenka hatte das vertrauliche Gespräch, welches der Architekt Köhler mit seiner jungen Gattin gepflogen, aufs Aeußerste konsternirt und in solcher Weise aufgeregt, daß er wider alles Erwarten und gegen den ausdrücklich ausgesprochenen Willen seiner Frau den Ball im Sperl verließ, und sich unverzüglich mit ihr nach Hause begab.

III.

Niemandem war diese unerwartete Entfernung unangenehmer, als dem Galan Gröbler. Er hätte noch so Manches auf seinem Herzen gehabt, was er der schönen Frau hätte mitzutheilen gewünscht; allein das eifersüchtige Gemüth ihres jugendlichen Gemahls hatte verhindert, daß Herr Gröbler ein offenes Bekenntniß an seine Auserwählte hätte ablegen können.

In Zalenkas Wohnung hatte sich inzwischen eine

Szene zugetragen, wie sie in der Neuzeit zwar nicht selten sind, aber immerhin für den moralischen Charakter unseres Jahrhunderts ein Armuthszeugniß an den Tag legen. Die Dame war höchst ungehalten über das gebieterische Auftreten ihres Gemahls, und nachdem dieser seinerseits die geziemende Erwiederung anzubringen nicht ermangelte, und seine Rechte als Gatte sich für alle Zukunft zu vertreten und zu behaupten erklärte, nahm die saubere Dulcinea nicht im Entferntesten Anstand, sich noch in derselben Nacht heimlicher Weise von diesem Tyrannen zu entfernen und bei einer Freundin im Neubad, die sie sich schon früher durch mancherlei zweideutige Handlungen dienstbar gemacht hatte, Schutz und Unterkunft zu suchen.

Inzwischen unterließ Gröbler nicht, Alles aufzubieten, den Aufenthalt seiner Angebeteten auszukundschaften, und nachdem er diesen erfahren, säumte er keinen Augenblick, sich Frau Zalenka vorzustellen, und war hocherfreut, als er von dieser erfuhr, daß sie beabsichte, sich von ihrem eifersüchtigen Gatten scheiden zu lassen. Er gab hierauf die unbedingte Zusicherung, wie gern er bereit sei, Frau Zalenka bei sich aufzunehmen und ihr die Stelle einer sogenannten Wirthschafterin, respektive die der Frau vom Hause, zu übertragen. Nicht ohne einige verstellte Ziererei erklärte sie sich zur Annahme dieser Stelle bereit, da sie inzwischen von dem unermeßlichen Reichthum Gröblers, der in dem Besitze mehrerer Häuser in Wien und einem nicht zu bemessenden außerordentlichen Baarvermögen bestand, verläßige Kunde eingezogen hatte; doch stellte sie die ausdrückliche Bedingung, diese Stelle, um ihrem guten Rufe keinen Makel zu bereiten, erst dann antreten zu wollen, wenn die Ehescheidung von ihrem Gemahl durch richterliches Erkenntniß rechtsgültig ausgesprochen sei.

Was war nun Gröblers erstes und wichtigstes

Geschäft, als einen Anwalt auszumitteln, der die Scheidungsklage der Madame Zalenka von ihrem sie tyrannisirenden Gatten, der durch falsche Vorspiegelungen eines ihm eigenthümlich zugehörenden namhaften Vermögens, dessen Besitz er nicht nachweisen könne, diese Frau in die mißlichste Lage, die nur zu gedenken sei, versetzt habe, und dieselbe sei daher in ihrem vollsten Rechte, wenn sie die Scheidung von einem Manne, der, nachdem er sie mit schändlicher Unwahrheit hintergangen, ihrem edlen Charakter durch blinde, maßlose Eifersucht noch die bittersten, unverdienten Kränkungen bereite; weßhalb sie gegen ihren Willen sich gezwungen sehe, die Scheidung von demselben auf gerichtlichem Wege zu beanspruchen.

Diesem Vorhaben war nun aber Herr Zalenka zuvorgekommen, indem er bei seinem Anwalte ebenfalls die nöthige Einleitung auf rechtsgültige Scheidung veranlaßt hatte, mit der einzigen Bedingung, daß seine Frau das ihr eigenthümlich gehörende Kapital von 3000 fl. ihm gegen 5 prozentige Verzinsung zu seinem Geschäftsbetriebe überlasse. Diese Summe wurde natürlich unverweilt durch den bis über die Ohren verliebten und über Hals und Kopf in sein Unglück rennenden Gröbler herbeigeschafft; obgleich sie Zalenka, nachdem er dieselbe nach erfolgtem Ehescheidungsakte empfangen, ungesäumt mit einem die Handlungsweise seiner Gattin aufs Grellste charakterisirenden Briefe wieder an diese zurückschickte, da er fürchtete, dieses Geld würde ihm in seinem Geschäfte gewiß keinen Nutzen gewähren, da es nicht ein eigenthümliches, sondern nur durch List und falsche Vorspiegelungen erworbenes Gut sei, das nun und nimmermehr einigen Segen in einen Haushalt bringen könnte.

Dem Gröbler war durch diesen Akt nun eine große Last von seinem Herzen gewälzt, da er sich den eifersüchtigen Gatten vom Halse geschafft hatte, und nun, wie er wähnte, in dem unbeschränkten Besitze der schönen Josephine verbleiben würde, die, wie er mit Zuversicht glaubte, ihr Herz mit unzerbrüchlicher Liebe und Treue ihm zugewendet habe; allein hierin hatte er sich in jeder Beziehung bitter getäuscht, denn es war vorauszusehen, daß es Gröbler nicht besser ergehe, als es Zalenka mit diesem herzlosen Wesen gegangen war.

IV.

Wir wollen uns nun in dem Hause Gröblers etwas näher umsehen. In demselben herrschte der größte Comfort; er verstand es aus dem Fundament, ein Haus mit allen denkbaren Bequemlichkeiten einzurichten; — es fehlte nicht das Geringste, die Stunden, welche er daheim zubrachte, sehr angenehm zu machen.

Er hatte außer seinen sehr schönen Wohnzimmern einen Speisesaal, einen Gesellschaftssaal, einen Billardsaal und ein Bade-Appartement erbauen lassen. Er besaß einen prachtvollen Garten mit Glas- und Treibhäusern, mit Lusthäusern, Schweizerhütten und mit einem Kiosk versehen; er erfreute sich der seltensten exotischen Gewächse; Wasserfälle und Springbrunnen erquickten im Sommer in denselben Menschen und Pflanzen.

Als er die Bekanntschaft der Frau Zalenka machte, war er so zu sagen kinderlos; denn die Mädchen befanden sich zur Erziehung in einem Kloster, und sein kleiner Sohn war bei seinem Großvater. Gröbler glich im Jahre 1817 einem Garcon, dessen ungeachtet aber war sein Haus nicht verödet.

Er hatte drei alte und zwei junge Personen im Hause. Das Faktotum war ein bejahrter Schreiber, Herr Riegel, ein wahres Original. Er war achtundsechzig Jahre alt, aber gesund und rüstig, wie ein

Fünfziger; er war ehrlich, wie ein Ideal der Ehrlichkeit, aber er brummte den ganzen Tag; namentlich war ihm die neueste Zeit verhaßt, die modernen Menschen verachtete er; er haßte Alles, was Kind war; was der Jugend angehörte, war ihm ein Dorn im Auge. Er war der Mann der Wahrheit, predigte diese auch Jedermann, und nahm sich sogar die Freiheit, Herrn Gröbler die Wahrheit bei jedem Anlasse zu sagen. — Dieser verzieh ihm jede Derbheit; wußte er doch, daß es keinen treueren, verläßlicheren Haushälter auf der Welt geben konnte, als diesen Riegel.

Die zweite Person war eine Frauensperson von sechzig Jahren, die Wirthschafterin. Ihr Vater war einst herrschaftlicher Wirthschaftsrath; sie hieß Cäcilia Schnepper, und die böse Welt wollte wissen, daß sie einst, als sie noch jung und nicht übel, eine Flamme des Herrn Gröbler gewesen, und daß für diesen sehr wichtige Motive vorhanden, sie, so lange sie lebe, zu versorgen. Ihre Liebe zu Gröbler war auch jetzt noch nicht verloschen und sie trug sich noch immer mit der Hoffnung, daß Gröbler sie einst doch noch zur Frau nehme, wenn er nämlich ein Mal „an Ruh" geben könnte, und sollte er bis dahin das neunzigste Jahr erreichen.

Die dritte Person war Herr Raftel. Ein Mann, der eigentlich gar nichts im Hause war, als der Zuträger Gröblers. Er zählte ungefähr fünfzig Jahre, und hatte sonst nichts zu thun, als aufzupassen, was im Hause, in der Nachbarschaft, bei den Bekannten und Freunden des Herrn Gröbler vorgehe, was über ihn gesprochen werde u. s. w. Der Privatcharakter Raftels war sohin der eines „schleichenden Intriganten."

Die jungen Personen im Hause waren:

Ein Bedienter: Karl Kerl, ein gewandter, flinker Mensch, wenn es seinen Vortheil galt; aber in seinem Dienste faul und nachlässig, wenn es ihm nichts eintrug. Sollte er sich behende benehmen, mußte sein Herr jeden Gang besonders bezahlen; dann aber gab es keinen verläßlicheren Menschen, als ihn.

Eine Köchin: Anna Inna; vortrefflich in ihrem Fache, aber betrügerisch beim Einkaufe und Freundin aller Hausmeisterinen, Kräutlerinen, Greißlerinen, Käsestecherinen, Brodsitzerinen, kurz, da zu Hause, wo es etwas zu klatschen, zu tratschen, ihre eigene Herrschaft auszurichten und über alle Menschen etwas Böses zu sagen gab.

Ein Stubenmädchen: Bertha Duldsam; eine Romanheldin, die so unglücklich war, zu glauben, daß alle Menschen gut und edel wären, die sich's nicht nehmen ließ, diejenigen, welche böse, eigennützig, egoistisch, schadenfroh und schmähsüchtig seien, verstellten sich nur, um ihre Nebenmenschen zu prüfen, mit einem Worte, Bertha war ein lammfrommes Geschöpf, Arglist, Tücke und Schmähsucht waren ihr fremd. Sie war sehr hübsch und erst achtzehn Jahre alt.

So war das Haus Gröblers bestellt, in welchem es ihm beliebte, trotz seiner Einfalt häufig den Tyrannen zu spielen.

Die Hausordnung, nach welcher der Gebieter am Abende, oder besser gesagt nicht selten am anbrechenden Morgen empfangen werden mußte, war folgende: Die erste Person, welche ihn zu bewillkommnen hatte, war Cäzilia Schnepper. Sie ging Allen vor, einmal von wegen der einstens genährten Neigung und dann auch seines lieben physischen Wohles wegen. Sie mußte fragen: Ob sich Herr Gröbler wohlbefinde, sich gut amüsirt habe, noch etwas zu speisen beliebe, wie lange er zu schlafen gedenke, vielmehr um welche Stunde er geweckt werden wolle; wenn er etwa unwohl sich befände, was aus der Hausapotheke gereicht werden müsse, oder ob vielleicht gar ein Doktor noch in der Nacht zu rufen sei.

Nach ihr durfte die Köchin eintreten; diese wurde regelmäßig in die Wange gekneipt, ihr mitgetheilt, ob noch ein Souper zu bereiten sei, oder ob der gnädige Herr morgen zu Hause speisen und Gäste haben werde.

Wenn diese Person absolvirt war, trat der Aufpasser ein, dann das Faktotum; nach ihm kam die „liebe Unschuld," wie Herr Gröbler Bertha nannte; zuletzt der Bediente, welcher auch Kammerdiener war und seinen Gebieter aus- und ankleiden mußte. —

An jenem Abende nun, als Frau Zalenka dem Gröbler die Zusicherung gegeben hatte, daß sie seinem Wunsche nachkomme und zu ihm ziehe, wurde das gesammte Personal auf ein Mal vor ihn beschieden: „Schreit's Vivat! rief ihnen Gröbler entgegen, Euer Herr ist am Ziele seiner Wünsche: Eine Frau kommt in's Haus, eine Frau, und das so bald als möglich!"

Fräulein Cäzilia war einer Ohnmacht nahe.

„Und was für eine Frau!" fuhr Gröbler fort; für's Erste ist es historisch (notorisch wollte er sagen), daß außer der Venus noch nie ein so schönes Weib auf der Welt war; zweitens ist sie ein Engel an Herzensgüte und ein Satan an Verstand; drittens ist sie majestätisch, wie eine „Königin;" macht also nicht blos mir, sondern Euch Allen die größte Ehre."

„Die jagt uns vielleicht Alle zum Teufel!" warf die Köchin ein, welche die Einzige war, die vor Schrecken nicht die Sprache verloren hatte.

„Bewahre! versicherte Gröbler, die ist für Euch so eingenommen, daß sie mir aufgetragen hat, 600 fl. an Euch nach Verhältniß Euerer Besoldung auszutheilen, was auch gleich morgen geschieht."

„Es lebe die gnädige Frau!" rief der Bediente, die Andern stimmten aber nicht in diesen Ruf ein.

„Herr Gröbler! sagte Riegel; die unbekannte gnädige Frau will uns mit Ihrem Gelde bestechen; o weh! das gefällt mir nicht!"

„Sie wird uns gewiß Alle fortschicken, weinte Cäzilia; das was Sie uns morgen schenken, wird uns theuer zu stehen kommen!"

„Bei dem Gemüth! bei der Seelengröße, welche diese Frau besitzt? Wollt Ihr noch mehr von dem wissen, was ihrer Tugend die Krone aufsetzt? — Wollt Ihr die Hauptbedingung wissen, unter welcher allein sie mein Haus für das ihrige ansieht? — Vernehmt es und staunt: Alle meine vier Kinder müssen zu ihr; sie will ihnen Mutter sein. Wen das nicht für sie einnimmt, der ist eine Hyäne und verdient nicht, Mensch zu sein. Denkt nichts Nachtheiliges von ihr, um dieß Einzige bitte ich Euch! Jetzt könnt Ihr gehen." —

Alle entfernten sich bis auf Cäzilia, welche bezüglich des Auftretens der neuen Gebieterin Herrn Gröbler noch mancherlei Schwierigkeiten zu bereiten versuchte, die er aber auch durch seinen Scharfsinn und mit Hilfe des Geldbeutels glücklich überwand.

V.

Frau Zalenka wurde mit ihrer Freundin aus dem Neubad, die sie nach dem Hause des Herrn Gröbler begleitete, wie eine Fürstin empfangen. Am meisten überraschte der Gärtner; er hatte seine Glas- und Treibhäuser geplündert; die Treppe, der Vorsaal, der Speisesaal prangten in Blumenpracht.

Fräulein Cäzilia hatte sich eine besondere Aufmerksamkeit ausersonnen. Sie überreichte der Gefeierten auf einem rothen Sophapolster die Schlüssel der gewissermaßen eroberten Festung; den Hausthorschlüssel von immenser Größe, den Kellerschlüssel, den Schlüssel zur Speisekammer und zur Holzkammer.

Die schöne Frau zeigte ungemeine Rührung. Gröbler führte sie am Arme durch sein ganzes Haus; laute Bewunderung erwarb sich jedes Zimmer, jedes Gemach.

„Wo sind Ihre Kinder?" frug Madame Zalenka.
„Diese kommen schon in ein Paar Tagen ins Haus."

„Ach! Ihre Kinder! wie freue ich mich auf Ihre Sprößlinge. Sehen sie Ihnen gleich?"

„Die größere Tochter „ausgerissen" ähnlich; zum Reden getroffen!"

„Ihre Kleinen sollen mir das Leben verschönern! ich werde ihnen eine gute Mutter sein!"

„Auf diese Red' wird mir's Essen besonders schmecken; ich sehe schon, Sie haben ein Herz, wie von Butterteig."

Man hörte eine Glocke erschallen.

„Es ist aufgetragen; gehen wir zum Speisen!" sagte Gröbler und führte beide Damen am Arme in den Saal.

„Haben Sie sonst keine Gäste, als uns beide? fragte Josephine. Die Schauspielergesellschaft des Theaters an der Wien hätten Sie mir zu lieb wohl einladen können."

„Himmel! Wenn ich ein Wort gewußt hätte!"

„Ihre Tafel ist allerliebst arrangirt! Welch herrliches Silber! auserlesenes Porzellain und die feinen Krystalgläser! Ei, man erblickt überall den Wohlstand. Alles charmant, aber etwas langweilig!"

Gröbler berührte dieses Wort wie ein Pfeil. „Jetzt fühle ich erst, was mir fehlt! sagte er; mir fehlt die Kunst, Sie zu unterhalten; ich werde Ihren Wünschen zu begegnen wissen. An heitern Gästen soll es in Zukunft nicht fehlen!"

Frau Zalenka entwarf nun äußerst gesprächig ein Bild, wie sie das Haus Gröblers in Zukunft einzurichten gedenke. Sie sprach von der Erziehung der Töchter, des Sohnes, von intelligenten Lehrern und was dergleichen mehr, so daß Gröbler über das Glück, das ihm für die Zukunft erblühe, in einem Meer von Wonne schwamm.

Für den Abend äußerte Madame Zalenka, daß sie das Theater an der Wien zu besuchen wünsche, wo zum ersten Male das später sehr bekannte Drama: „die Waise und der Mörder" gegeben wurde; und obschon Herr Gröbler hierauf nicht vorbereitet war, traf er unverzüglich Anstalt, daß eine Loge ermittelt werde, koste sie was immer für einen Preis.

Herrn Gröbler wurde das Vergnügen, daß er die beiden Damen in seiner Equipage ins besagte Theater fahren durfte; allein in demselben bot sich Frau Zalenka eine neue Bekanntschaft und sie nahm deshalb nicht Anstand, sich mit ihrer Freundin zu entfernen und Herrn Gröbler auf eine feine Weise im Stiche zu lassen, der über das so unvermuthete und unerwartete Verschwinden seiner Angebeteten eine schlaflose Nacht verlebte, und erst am folgenden Morgen mit dem Bescheid sich zufrieden geben mußte, daß seine Ungeschicklichkeit die Ursache davon gewesen sei, daß sie auseinander gekommen und sich nicht mehr zusammen gefunden hätten, was er auch wirklich glaubte.

Hätte Gröbler nur den zehnten Theil von dem gewußt, was in jener Nacht vorgegangen, er würde vielleicht von seinem Wahne, daß dieses Weib ihm auch nur einen Funken von Neigung zuwenden wolle, geheilt worden sein. — Mehr als diese Herzlose hat sich noch nie ein ähnliches Geschöpf über einen alten verliebten Gimpel lustig gemacht, und ihn verhöhnt, wie diese.

Sie entblödete sich auch nicht, ihrer Freundin den ganzen abscheulichen Feldzugsplan gegen die Kasse Gröblers mitzutheilen.

„Ich kann Dich nicht begreifen, erwiederte diese; Du sagst mir, Du wolltest alle Dienstleute, die im Hause sind, entfernen; Du brauchst keine Spione, und nimmst die Kinder ins Haus, welches doch die größten Spione sind."

„Haha! die Kinder! Laß mich nur machen! Mit diesen ist der Prozeß bald aus! — Die Kinder müssen mir den Alten bestricken helfen! — Er hat seine Kinder lieb, dieß hör ich von allen Personen, die ihn kennen. Mit diesen Kindern setze ich mein Hauptmanöver ins Werk. Habe ich erreicht, was ich zu erstreben beabsichte, dann werden die Kinder schnell wieder verschwinden."

Und so geschah es auch, wie uns der Verlauf dieser Erzählung, in welcher der schändliche Charakter dieses ehrlosen Weibes und der Blödsinn und die blinde Leidenschaft des verliebten Gröbler immer mehr sich zeigen, zur Genüge überweisen wird. Es gibt nichts Verabscheuenswürdigeres, als ein schönes Weib, das einen schlechten Charakter besitzt.

VI.

Frau Zalenka war bereits bei Gröbler als Hausfrau eingezogen und hatte daselbst die Herrschaft übernommen. Die Kinder waren wieder zu ihrem Vater zurückgekehrt, und Josephine spielte scheinbar die Mutter auf eine so liebenswürdige Weise, daß der blinde Gröbler in Wonne schwamm.

„Gute Kinder, redete er seine vier Sprößlinge an, Euch zu liebe habe ich diese edle Mutter und vortreffliche Kinderfreundin in mein Haus genommen. Sie wird Euch an ihr liebendes Herz schließen, für Eure Wohlfahrt sorgen, Euch mit Liebe und Freude erziehen, und Euch besonders den Spruch einprägen: „Ehret Vater und Mutter, damit Ihr lange lebet und es Euch wohl ergehe auf Erden!" — Josephine, setzte er in alberner Weise bei, erlauben Sie mir, Ihnen die Hand zu küssen, weil ich gar so schön gesprochen und so christlich geredet habe!" — Es geschah.

„Ihr guten Kinder müßt jetzt nur der neuen Mama recht genau folgen in Allem, was sie befiehlt; unbedingt müßt Ihr gehorchen! — Ihr müßt Euch ein Beispiel an mir nehmen; ich folge ihr auch! — Sie darf mir schaffen, was ihr beliebt, ich befolge jeden ihrer Winke!" —

Waren die Kinder Gröblers auch nicht als vollkommen intelligent anzuerkennen, so waren dieselben doch sehr folgsame, willige Geschöpfe, und es wäre für die neue Gebieterin von Gröblers Herzen ein Leichtes gewesen, die Liebe der Kinder sich zu gewinnen, wozu sie sich wohl den Anschein gab, was ihr aber nicht im Entferntesten Ernst war.

Allein, so wie sie in der Liebe zu einem Manne kein empfängliches Herz hatte, und jeden täuschte und auf alle Weise hinterging, so war dieß auch hier der Fall gegen die Kinder Gröblers.

Sie hatte kein für wahre Liebe empfängliches Herz, sie wollte nur Huldigungen empfangen, alle jungen Mädchen und Frauen verdunkeln, mit allen Männern ein grausames Spiel treiben; den Mann, den sie am Morgen beglückte, am Abende verlassen. Rücksichtslos behandelte sie stets den treuesten Anhänger und bebauerte nur, daß sie bisher noch keinen so weit gebracht hatte, daß er sich ihr zu Liebe aus Desparation ins Wasser gestürzt, erschossen, oder erhängt habe. Gröbler wurde des Tages über wohl zehn Mal betrogen. Sie hinterging ihn, ob er bei ihr zu Hause blieb oder ausging, ob sie allein oder mit ihm nach der Stadt fuhr, ob er ihr Vertrauen schenkte und sie unbewacht ließ, oder wie ein Argus mit tausend mißtrauischen Augen hinter ihr her war. Gröbler mochte es anfangen, wie er wollte, er war immer der Betrogene.

Er wünschte sich aber auch kein besseres Loos. Es gewährte ihm eine unendliche Seligkeit, wenn er um 9 Uhr des Morgens aus Wuth und Rache ein Tiger und um 10 Uhr ein Lamm sein konnte. Der Moment der Versöhnung gewährte ihm immer die höchste Wonne; die Versöhnungsstunden kosteten ihn immer das Meiste. Nie war Gröbler freigebiger und großmüthiger als in dem Momente, in welchem er wieder verziehen, und Josephine mit unendlicher Schalkhaftigkeit die Hörner, die sie ihm aufgepflanzt, wieder unter sein üppiges Haar gestreift hatte.

Sie übte sich in Singlektionen und sang täglich anderen Galans vor:

„Lehre mich die Liebe kennen,
Denn Du kennst sie gar so gut!"

Die Idee, Schauspielerin werden zu wollen, hatte Josephine aufgegeben, oder wie sie sich gegen Gröbler äußerte, mit Hintansetzung ihres Talentes ihm zum Opfer gebracht.

Nur die Kinder genirten sie am meisten. Zwei Mädchen brachte sie bald wieder unter einem schicklichen Vorwande in eine Pensionsanstalt; aber die älteste Tochter, Rosalie, die damals 14 Jahre zählte, und das jüngste Kind, einen Knaben, mußte sie im Hause behalten, wollte sie Gröbler nicht auf die Vermuthung bringen, daß sie ihm und den Kindern nur Anhänglichkeit geheuchelt habe, um vor der Welt den Titel seiner Frau, für welche er sie ausgab, zu rechtfertigen. Aber diese beiden Kinder waren ihr über alle Begriffe lästig, denn die schöne Frau hatte die meisten Abenteuer mit Männern, die sie in ihre Wohnung bestellte, wenn Gröbler außer dem Hause Geschäfte hatte, was täglich der Fall war, und leider solche Geschäfte, die ihn oft, waren sie mit Ausflügen verbunden, den ganzen Tag in Anspruch nahmen.

Die armen Kinder, wohin wurden sie da verwiesen; im Sommer hatten sie es noch gut, der große Garten am Hause war ihnen zum Aufenthalt angewiesen, aber im Winter hatten sie es schwer. Rosalie mußte den ganzen Tag über in einem abgelegenen Zimmer weiblichen Arbeiten obliegen, die Augen bei den feinsten Nähereien unermüdet anstrengen und die Finger blutig stechen; der Knabe mußte bei dem Lehrer bleiben, und unter dessen Anleitung fleißig lernen.

Unterdessen pflog Frau Zalenka an der Seite Gröblers ein äußerst leichtfertiges Leben, er mußte sie in alle Theater und Gesellschaften führen, stets ihr beliebige Gäste bei sich zu Tische bitten, theuere Reisen und Ausflüge mit ihr machen, wozu sie in der Regel einzelne ihr beliebige Herren zur Theilnahme einlud und köstlich traktirte, und der vor Liebe blinde Gimpel that dieß Alles mit der staunenswertheften Geduld mit einer nicht minder zu belachenden Affektation auf sein bedeutendes Vermögen, das aber bei einem solchen Aufwand merklich zu schwinden begann.

So mußte Gröbler einst in ihrer und der Begleitung eines Schauspielers eine Reise nach Pesth unternehmen, blos aus dem Grunde, weil dort die Hinrichtung eines Vatermörders statt fand, und dieses gefühllose Weib, das noch nie einem solchen traurigen Akt beigewohnt hatte, verlangte nun unbedingt, dahin zu reisen. Ein weiterer Grund dazu war auch noch, daß sie die Bekanntschaft eines hübschen Uhlanenrittmeisters gemacht hatte, der nach Pesth versetzt worden, und den sie bei dieser Gelegenheit zu treffen hoffte.

Die Reise nach Pesth bot Gröbler so viele Szenen dar, um, wie er sich ausdrückte, darüber „aus der Haut zu fahren," daß er einige Male auf dem Punkte stand, das rücksichtslose Weib fahren zu lassen, oder sie gerade zu seinem neuen Rivalen, dem Schauspieler, an den Hals zu werfen.

Aber immer beschwichtigte Josephine den kurzsichtigen Mann wieder, obschon er in Pesth die Ueberzeugung gewonnen hätte, daß sie nicht so viel Herz zu ihm habe, wie ein Dienstbote, der seinen Lohn richtig erhält.

Man behauptet, daß in jenen Tagen bei 200,000 Fremde in Pesth und Ofen anwesend waren. Gröbler hatte sich bei einem Freunde, dem Baumeister Rehecker eingemiethet.

Bald nach seiner Ankunft hatte er im Gedränge, während er mit einem Bekannten sprach, Josephine verloren, oder was wahrscheinlicher, sie hatte sich am Arme des hübschen Schauspielers seiner Begleitung entzogen; Gröbler drängte sich ungestüm durch die Leute und blickte jedes Frauenzimmer verzweiflungsvoll an; er wurde hin und her gestoßen, stieß wieder zurück, wurde Narr und Flegel genannt, gab diese Beschimpfung wieder mit Agio zurück, endlich trieb ihm Einer, der vorzüglich grob war, den Hut bis über die Augen an, und — in diesem Moment ward Gröbler seine Brieftasche, die viertausend Gulden in Banknoten enthielt, aus der Brusttasche entwendet. Er war nahe daran, vom Schlage berührt zu werden. Er schrie um Hilfe; er erzählte Allen, daß er bestohlen worden; er rief die Polizei zu Hilfe! Das Menschengewoge wurde immer dichter um ihn. Einige bemitleideten ihn, andere lachten ihn aus.

Gröbler wußte sich nicht zu rathen, noch zu helfen; er war nach Pesth gekommen, um einen großen Aufwand zu machen, und sich als reichen Mann zu zeigen und war nun so arm, wie eine Kirchenmaus. Seine größte Angst war, was wohl Josephine sagen werde, wenn sie das Unglück erfahre. Diese war aber darüber nicht so alterirt, sie wußte bald Rath zu schaffen. Gröbler mußte ein Paar Brillantringe, die ihm theuere Angedenken waren, und von denen er sich unmöglich trennen wollte, verkaufen und erhielt dafür 1200 Gulden. Josephine selbst besorgte in Begleitung ihres Reisegefährten deren Verwerthung bei einem in der Nähe ihrer Wohnung befindlichen Juwelier.

Nach einiger Zeit war Gröbler auch so glücklich, wieder in den Besitz seiner Brieftasche zu gelangen, in welcher sich die 4000 fl. Banknoten noch unversehrt befanden.

Nun hatte die Dame Zalenka wieder Mittel an der Hand, ihrer Verschwendung freien Lauf zu lassen. Gröbler aber konnte sich über den Verlust seiner verkauften Ringe nicht beruhigen, die er als schützende Talismane betrachtete, da sie schätzbare Familienandenken waren, und jeder derselben eine bezeichnende Inschrift enthielt, nämlich:

„Bewahr den Ring zu Deinem Heil,
Sonst wird nur Unglück Dir zu Theil."

„So lang mein Talisman Dich schmückt,
Bleibst Du geachtet und beglückt."

VII.

Bevor Gröbler von Pesth abreiste, wurde ihm durch den Diener seines Freundes Rehecker ein Brief mit den Worten übergeben: „Gut, daß ich Sie finde, mein Herr hat einen Brief aus Wien für Sie erhalten, den ich Ihnen augenblicklich übergeben soll."

„Verflirt, sagte Gröbler, jetzt habe ich meine Augengläser nicht bei mir."

„Ich werde Ihnen den Brief vorlesen," sprach Josephine, welche an der Adresse die Aufschrift erkannt hatte. Sie durchflog den Brief und wurde glühend roth vor Zorn und Wuth.

„Wer schreibt mir denn?" fragte Gröbler neugierig.

Josephine faßte sich: „Die alte Haushälterin, log sie mit unterdrücktem Grimme, schreibt, daß sich im Hause Alles wohl befinde, sie hoffe, daß auch wir glücklich angekommen, dann macht sie einige Bemerkungen über die außerordentliche Hitze in Wien und den Mangel an Regen."

Nach Tische, während Gröbler sich eines Nachmittagsschläfchens erfreute, war es Josephine möglich, den Brief mit Aufmerksamkeit zu durchlesen; er war von Gröblers ältester Tochter, Rosalie, und lautete:

„Lieber, theuerer Vater!

„Vielleicht gelangen diese Zeilen in Ihre Hände. Bisher war es mir unmöglich, meine unglückliche Lage Ihnen zu schildern. Lieber, theuerer Vater, schützen Sie mich vor der bösherzigen Frau, die, wie sie mir vor Ihrer Abreise mittheilte, als meine Stiefmutter mit Ihnen aus Pesth heimkehren soll, oder die Ihnen mit kindlicher Verehrung und unauslöschlicher Dankbarkeit angehörende Tochter ist verloren."

„Frau von Zalenka haßt mich, haßt mich darum, weil sie stets fürchtet, daß ich Ihnen Mittheilungen machen könnte, welche diese Frau für immer Ihrer Güte unwerth machen würden; sie haßt mich, weil ich — wenn Frau von Zalenka in Ihrer Abwesenheit Visiten erhält, die Ihnen, guter Vater, unmöglich angenehm sein könnten, ihr nicht von der Seite weiche, bis sie mich mit Gewalt vertreibt; — sie haßt mich aber auch, weil ich Ihr Kind bin, und sie Alles anwenden will, mich und meinen Bruder aus dem Wege zu räumen."

„Mein Bruder soll in eine Erziehungsanstalt — in Gottes Namen! — Was sie aber mit mir vor hat, ich weiß es nicht; aber es wird etwas Entsetzliches sein! — Noch vor ihrer Abreise sagte sie mir: „Ich gehe jetzt mit Deinem Vater nach Pesth. — Ich will Dich nicht so züchtigen, wie ich Dir zugedacht, weil ich die Gattin Deines Vaters noch nicht bin, in Pest aber lassen wir uns trauen, dann wehe Dir, wenn ich wieder zurückkomme! — Ich werde

Dich unschädlich machen, Bestie! und müßte ich zu bem Aeußersten schreiten." —

„Vater, um Gottes Willen, theuerer, vielgeliebter Vater! lassen Sie Ihr Kind nicht einem Weibe zum Opfer fallen, welches Sie nicht liebt, Sie in jeder Beziehung betrügt, einen Sie compromittirenden Umgang mit Andern hinter Ihrem Rücken unterhält, und — Vater, was dem uneblen Treiben die Krone aufsetzt, Ihnen Ihren Kassaschlüssel entwendete, sich barnach einen falschen Schlüssel machen ließ, und Sie nun bestiehlt, so oft Sie das Haus verlassen."

„Vater, ich riskire vielleicht mein Leben, wenn Sie diesen Brief der furchtbaren Frau mittheilen, über welche ich Ihnen jetzt die Augen öffne, daher habe ich diesen Brief auch in ein Schreiben an Herrn Rehecker eingeschlossen, und ihn gebeten, Ihnen denselben heimlich zu übergeben, weil diese böse Frau in Wien alle meine Briefe auffängt, und so lange sie bereits im Hause ist, es nicht duldet, daß weder ich noch mein Bruder sich Ihnen nahen dürfen, um Ihnen unsere bejammernswerthe Existenz zu schildern."

„Lieber, theuerer Vater! mein Bruder und ich beten alle Tage zu Gott, daß er Sie abhalte, ein Wesen zu heirathen, das keinen andern Zweck verfolgt, als Sie unglücklich zu machen, und Ihre Kinder zu verderben!"

„Vater, verzeihen Sie mir, daß ich Ihnen bei Durchlesung dieses Schreibens schmerzliche, ja peinigende Eindrücke bereite, aber ich kann, ich darf nicht Dinge verschweigen, die, gelangten sie zu spät zu Ihrer Kenntniß, Ihren Ruin und den Tod jener ganz sicher herbeiführen würden, die sich voll kindlicher Ergebenheit und liebender Verehrung nennt
Ihre
bis zum Grabe treue und dankbare
Tochter Rosalie."

Die Erregtheit zu schildern, welcher sich die so schimpflich angeklagte Zalenka über die Schreiberin dieses Briefes hingab, ist nicht möglich.

„Du fürchtest, daß ich Deinen Tod veranlassen werde? — rief sie; Du sollst Dich nicht getäuscht haben, freches, nichtswürdiges Geschöpf! Du sollst mir aus der Welt scheiden müssen, aber nicht gewaltsam, weder durch Gift, noch auf andere Weise; Du sollst langsam hinwelken, hinsiechen, verkümmern, ja verwesen müssen bei lebendigem Leibe, und kein Mensch soll mir beweisen können, daß ich Dich getödtet. Was ich schon längst wohl überdacht, das wird jetzt ausgeführt: systematisch wirst Du umgebracht; Gram, Noth, Mangel an Freiheit, an gesunder Luft und Bewegung, Unreinlichkeit, und was ich noch ersinne, Dich sicher und verläßlich hinzuopfern, werde ich anwenden, und wenn Jahre darüber verfließen müßten. Leiden aller Art sollen an Dir zehren, zum Skelet sollst Du werden, das schwöre ich Dir und mir!"

Es ist hier nachzutragen, daß es Zalenka schon seit längerer Zeit gelungen war, die noch im Hause befindlichen zwei Kinder ihrem Vater gänzlich zu entfremden, und bei der Leichtgläubigkeit Gröblers hielt es nicht schwer, dieselben in einer Weise zu verkleinern, daß sie weder bei Tische mehr erscheinen, noch sonst auf eine Weise vor ihrem Vater sich zeigen durften; sie waren ganz der Willkür dieses Teufels in Engelgestalt preis gegeben. Den Knaben bezüchtigte sie stets der Trägheit und des Unfleißes, Rosalie aber beschuldigte sie etwas noch Schlimmern: sie behauptete, daß sie bereits schon in einem Alter von fünfzehn Jahren anfange, ihre Blicke nach den jungen Männern in der Nachbarschaft zu richten, was nicht im Geringsten der Fall war, denn Rosalie war wirklich ein herzensgutes, frommes und folgsames Mädchen.

Noch größer wurde der Haß Josephinens gegen

Rosalie, als sie erfuhr, daß das Mädchen von einer reichen Verwandten ein Erbtheil besitze von nicht weniger als 30,000 Gulden. Diese Summe an sich zu bringen und Gröblers Kinder zu verderben, war von nun an ihr einziges Denken und Streben.

Leider zu spät erfuhr Rehecker die Unbesonnenheit seines Bedienten, der strengstens beauftragt war, den Brief Rosaliens nur unter vier Augen an Gröbler abzugeben. Er theilte nun, um die Sache für Rosalie möglichst gut zu machen, diesem mit, so viel er aus dem Briefe urtheilen konnte; allein Dame Zalenka war es ein Leichtes, ihren alten Kater, wie sie Gröbler gewöhnlich zu nennen beliebte, wieder nach ihrem Willen zu bestimmen und jede Verdächtigung von sich zu weisen.

Nach diesen unlieben Erörterungen fühlte sich Josephine in Pesth vor Wuth nicht mehr behaglich, und das Gefühl der Rache trieb sie an, so schleunig als möglich nach Wien zurück zu kehren; selbst ihre Neigung gegen ihren Gesellschafter, den jungen Schauspieler, war dadurch erloschen, sie ließ ihn in Pesth zurück und kehrte nur in Begleitung Gröblers nach der Kaiserstadt zurück.

VIII.

Wir überspringen hier einen Zeitraum von mehreren Jahren.

Rosalie war und blieb in Gröblers Hause mit einem Male verschwunden; Niemand in demselben wußte, wohin sie gekommen sei. Wenn Gröbler über ihren Aufenthalt befragt wurde, so versicherte er, das Mädchen befinde sich ganz gesund und wohlbehalten bei einer Tante auf dem Lande; allein diese Aeußerung war nur ein Vorwand.

Das Unthier Zalenka hatte sich der Unglücklichen bemächtigt, sie hat von dem schwachen, geistesarmen

Vater über die verstoßene Tochter unbedingte Vollmacht erlangt, ihr ward erlaubt, mit der armen, mutterlosen Waise anzufangen, was dieses gefühllose Weib für zweckdienlich finde, und sie hat diese Vollmacht auf eine Art mißbraucht, welche Entsetzen erregend ist.

Nach ihrer Rückkehr von Pesth, wo Gröbler den Brief Rosaliens empfangen hätte sollen, der Zalenka den Untergang bereiten hätte können, was übrigens bei der großen Verliebtheit dieses Mannes nicht wahrscheinlich gewesen wäre, setzte dieses unmenschlich gesinnte Weib ihren teuflischen Plan sogleich ins Werk.

Unter den zahllosen Verehrern, welche Josephine wie Unkraut auf allen ihren Wegen wuchern und gedeihen ließ, befand sich auch ein junger Mediziner, Heinrich Justi war sein Name, der um die Gunst der schönen Frau buhlte und für ihren Besitz sterben wollte.

Dame Zalenka versicherte ihn auch ihrer Zuneigung, doch nur unter der Bedingung, daß er sich Rosalien nähere, zum Scheine ihr sein Herz anbiete und sie so in eine Falle zu locken suche, die sie für sie bereit halte zum Lohne dafür, weil dieses intrigante Wesen es ihr unmöglich mache, einen ihrer Anbeter bei sich sehen zu können. „Immer hängt sie sich an meine Fersen, sagte sie, sie ist der Spion ihres Vaters und verursacht mir stets namenlosen Kummer. Wenn Sie mir beistehen, dieses boshafte Geschöpf aus dem Hause zu bringen, so tritt unserem Glücke, unserer Liebe nichts mehr in den Weg, und ich nenne mich die Ihrige, so lange ich lebe. Ich werde es darauf anstellen, daß bei dieser Liebeserklärung Herr Gröbler Sie überrascht und von dem schlechten Charakter seiner Tochter die Ueberzeugung erlangt."

„Wenn er mich aber mißhandeln läßt? Er soll beispiellos jähzornig und brutal sein."

„Dieß wird er nicht wagen, ich setze Ihnen meine

treue Liebe hiefür als Pfand ein, daß er Ihnen kein Haar krümmt, aber —"

„Rosalie?" frug Justi.

„Die kommt dann aus dem Hause, sie kommt aufs Land zu einer Tante, dort wird sie sich auch in nächster Zeit verheirathen und glücklich sein." —

Das der armen Rosalie unterbreitete Stelldichein fand wirklich zur großen Ueberraschung der Unschuldigen statt; Zalenka hatte es so einzuleiten gewußt, daß Gröbler bei selben die angeblich Liebenden überraschte und gegen seine schamlose Tochter, wie er Rosalie nannte, aufs höchste in Zorn entbrannte. Jede Vertheidigung Rosaliens wußte Zalenka zu hintertreiben. „Gleich verlasse dieses Zimmer, sagte sie, und gehe hinaus, Du Entartete, damit Deinen ehrwürdigen Vater, diesen nur zu guten, seine nichtsnutzigen Kinder nur zu sehr liebenden Vater nicht augenblicklich der Schlag trifft. Hinaus, sage ich, Ehrvergessene! oder ich vergreife mich an Dir!"

„Hinaus! brüllte Gröbler, und lasse Dich nie mehr vor meinen Augen sehen, Du hast keinen Vater mehr, dieß geb ich Dir mit auf die Reise."

Eine Flut von Thränen quoll aus Rosaliens Augen; sie brach zusammen. Zalenka riß sie gewaltsam empor: „Spiel keine Komödie, sagte die Unnatürliche, und fliehe das Auge des biedern Greises, den Du tief gebeugt hast; fliehe, ehe Dich sein Fluch erreicht!" und unbarmherzig schleppte sie das sanfte Mädchen fort in ein abgelegenes Gemach, wo sie dasselbe grausam mißhandelte.

Von Gewissensbissen gefoltert hatte Justi inzwischen sich entfernt. —

Zalenka kam von der Erekution zurück, sie war ganz erhitzt und die Augen leuchteten ihr, gleich einer Furie: „Der habe ich die Pflichten eines ehrlichen Kindes gegen den Vater eingebläut!" rief sie.

„Aber jetzt wär es einmal Zeit, sagte Gröbler, daß Du Dich „auspfnausen" thätst. Du bist im Gesicht wie ein „Piperhahn," der Zorn muß Dir am Ende schaden."

„Und warum erzürnte ich mich? Ihretwegen, Herr Gröbler! Ihre Tochter, Ihre Rosalie ist ein Nagel zu meinem Sarge."

„Warum nicht gar, wie kann denn die ein Nagel sein, ein so liebes Ding!"

„Sie darf nicht mehr unter Ihre Augen, haben Sie gesagt!"

„Nicht mehr unter meine vier Augen."

„Ich werde sorgen dafür! — Ich habe sie in das finstere Zimmer, worin unsere Hunde kampiren, eingesperrt. — Dort bleibt sie!"

„Bei den Hunden?"

„Ja, bei den Hunden! Haben Sie etwas einzuwenden?"

„Sie haben sieben Hunde, das Zimmer ist klein!"

„Sie braucht nicht viel Platz, und eben so wenig ihre Möbeln. Morgen werden Sie einen vertrauten Maurer kommen lassen, der wird die beiden Fenster zumauern bis hinauf!"

„Da sieht's ja nichts!"

„Sie wird am Tag ihr Licht bekommen und bei der Nacht braucht sie nichts zu sehen. — Zu den Leuten sagen wir, daß Rosalie zu ihrer Tante aufs Land gekommen ist."

„Sie hat gar keine Tante," entgegnete Gröbler.

„Sie muß eine Tante haben! Hören Sie, sie muß!"

„Gut, so muß man halt eine auftreiben. — Was thun wir aber, wenn sie krank wird?"

„Da werde ich sie pflegen!"

„Sie haben halt doch ein gutes Herz! das ist wieder schön von Ihnen!"

„Alles ist schön von mir! — Aber nun gehen Sie einmal aus, Sie haben Geschäfte, und sitzen Sie mir nicht immer auf den Hals."

„Ich geh schon!" sagte Gröbler und machte gutwillig Platz. —

Am andern Tage früh vor sechs Uhr holte Zalenka Rosalie aus ihrem Arrestzimmer: „Komm zum Frühstücke!" sagte sie zu der Unglücklichen.

Rosalie wimmerte auf ihrem Schmerzenslager, denn sie hatte von der herz= und gewissenslosen Geliebten ihres Vaters die härtesten Mißhandlungen erhalten; diese hatte sie mit einem Stocke so blutrünstig geschlagen, daß sie sich nicht erheben konnte.

„Heraus aus dem Neste! herrschte ihr Zalenka zu, sonst wiederhole ich die gestrige Lektion. Du liegst mir da gerade recht im einfachen Nachtkleide; gestern habe ich Dich lange nicht so getroffen, wie es hätte sein sollen, meine Wuth machte mich blind, aber heute bin ich schon kaltblütiger, heute soll kein Streich daneben gehen!"

„Weiß denn mein Vater, wimmerte Rosalie, daß Sie auf eine so entsetzliche Art mit seiner Tochter verfahren?"

„Dein Vater ist der Niemand im Hause, ich bin Alles! Wenn ich Dich todt schlage, todt trete, todt würge, so muß es ihm recht sein! — Versuche es, klage mich bei ihm an, so morde ich Dich in seiner Gegenwart! — Heraus, sage ich, Du wirst bei mir frühstücken und bei mir bleiben, bis Dein Zimmer hergerichtet ist, wie ich es angebe! — Heraus aus dem Bette, schlechte Bestie, die nicht verdient, daß sie noch athmen kann!"

Rosalie schleppte sich mühsam von ihrem Lager, sie badete sich in Thränen, sie schluchzte so laut, daß ihre Peinigerin deshalb außer sich gerieth.

„Jetzt weinst Du, schmachvolles Weibsbild! vonnerte sie ihr in die Ohren; warum hast Du denn nicht geweint, als Du mit Herrn Rehecker in Pesth korrespondirtest? — Wie schlau Du das anfingst, Deine niederträchtigen Briefe in die Hände Deines Vaters zu bringen. Daß ich mir einen Schlüßel zu Deines Vaters Kasse verschafft hätte und ihn bestehle, schriebst Du; daß ich hinter dem Rücken Deines Vaters Visiten annehme, daß ich Deines Vaters Ruin veranlassen wolle, schriebst Du. Mich wolltest Du opfern, aus dem Hause wolltest Du mich bringen, Deinen Vater von mir losreißen. — Aber Du selbst sollst geopfert werden, Du sollst von Deinem Vater losgerissen werden, Du sollst aus dem Hause, aber als Leiche sollst Du hinaus! Als Leiche, hörst Du! — Dann schreibe wieder Briefe, dann versende sie in tausend Abschriften, schreibe sie als abgeschiedener Geist, denn so lange Du lebst, bekommst Du kein Schreibmaterial mehr in die Hand!"

„O tödten Sie mich augenblicklich, und ich werde Sie segnen dafür, seufzte Rosalie; seien Sie barmherzig, und bereiten Sie mir nicht das lange Leiden, das Sie mir zugedacht." —

„Haha!" lachte Zalenka, daß das Gericht seinen Arm nach mir ausstreckte? Nein, Mamsell, so gut sollen Sie es nicht haben; Sie werden hinwelken, wie ein Fisch, dem man sein Element entzieht; wie eine Blume, welche man auf einen kahlen Felsen pflanzt; wie ein Vogel, dem man die Luft raubt! — Fort jetzt aus diesem Gemach, oder ich reiße Dich an den Haaren in mein Zimmer."

Rosalie vermochte kein Glied zu regen; die Arme, Beine, der Rücken, die Brust waren wund; das eine Auge war mit einer großen Geschwulst so sehr bedeckt, daß sie damit zu sehen nicht im Stande war.

Zalenka ergriff sie am Arme und schleppte sie gewaltsam fort. In dem Zimmer ihrer Peinigerin wurde ihr von dieser das Frühstück aufgesetzt, worauf diese sich entfernte, das Zimmer sorgfältig verschließend.

Während nun Rosalie mit Mühe ihr Frühstück einzunehmen versuchte, eilte Zalenka nach dem für Rosalie bestimmten Arrestlokale; holte den Maurer, der im Hofe ihres Winkes gewärtig war, rief dann Gröbler herbei, und beauftragte ihn, dafür zu sorgen, daß während ihrer Abwesenheit Alles so in Bereitschaft gebracht werde, wie sie es ihm bereits Tags vorher mitgetheilt habe.

Hierauf trat sie wieder vor Rosalie, und machte ihr mit verstellter Freundlichkeit zu wissen, daß ihr lieber, guter Vater sich für sie verwendet, und nun zwischen ihnen beschlossen worden sei, daß Rosalie zu einer Tante gebracht werde, welche einige Stunden entfernt auf dem Lande wohne, und sie komme jetzt, ihr dieses kund zu geben, sie möge sich ungesäumt bereit machen, die Reise anzutreten, da der Wagen alsbald vorfahre, und sie selbst sich vorbehalten habe, sie zur bewußten Tante zu bringen.

Rosalie wußte nur zu gut, daß sie auf der weiten Erde eine Tante nicht mehr besitze, denn hätte sie nur im Entferntesten eine vertraute Verwandte von sich gewußt, wäre sie schon längst dahin entflohen. Diejenige, von welcher das vorerwähnte Vermögen Rosaliens herrührte, durch welches der Haß Josephinens noch mehr gegen sie angespornt wurde, war schon seit einigen Jahren todt; sie konnte daher nichts anderes vermuthen, als daß Zalenka eine neue List ersonnen habe, ihr Leben zu verkümmern.

Diese war nun Rosalie behilflich, sich ordentlich anzukleiden; der Wagen fuhr vor und fort ging es, für Rosalien unbewußt, wohin. Gröbler hatte hierauf nichts Wichtigeres zu thun, als sämmtlichen Hausgenossen in seiner bekannten Naivität kund zu thun, daß Rosalie nun von Josephinen zu einer entfernt wohnenden Tante gebracht werde, wo sie bald auch eine für sie gewünschte Versorgung finde, und an einen Mann verheirathet werde, der weit entfernt als ein vermöglicher Gutsbesitzer seßhaft sei.

IX.

Zalenka fuhr mit Rosalie nach Kornneuburg. Letztere zitterte neben der Höllenfurie, diese aber hütete sich wohl, dem Mädchen auch nur ein beleidigendes Wort zu sagen; sie fürchtete, die Menschen auf der Straße, die, wenn Rosalie um Hilfe gerufen hätte, ihr gewiß Beistand leisten würden, sie fürchtete aber auch den Kutscher Gröblers, der, obgleich er der Geliebten seines Herrn sehr ergeben war, doch der Tochter desselben in seiner Gegenwart gewiß kein Leid hätte widerfahren lassen.

Im Gasthaus des oben genannten Ortes ließ Frau Zalenka sich mit Rosalie ein eigenes Zimmer geben, um dort zu Mittag zu speisen; dem Kutscher Martin befahl sie, sobald er selbst gegessen und die Pferde gefüttert, allein nach Hause zurück zu fahren. —

Nach Tische schlug Zalenka Rosalie vor, einen Spaziergang längs der Donau zu machen; letztere glaubte schon, ihre Peinigerin beabsichte, sie an einer passenden Stelle in den Fluß zu schleudern, allein diese war entgegengesetzt immer äußerst zuvorkommend, bedauerte sogar, daß sie in ihrem Jähzorn Rosalie mißhandelt und ihr Dinge gesagt habe, woran ihr Herz im Entferntesten nicht denke. Sie fuhr dann mit Rosalie in dem bereit stehenden Nachen nach Greifenstein, um dort bei dem Jäger den Kaffee einzunehmen.

In Greifenstein miethete Zalenka einen Kutscher und befahl demselben, nach Nußdorf zu fahren.

„Nach Nußdorf? frug Rosalie. Befindet sich dort meine Tante? die Tante, von der ich nie ein Wort gehört?"

„Ja! log Josephine, Dein Vater war mit ihr immer gespannt, und zwar Deinetwegen. Die Tante hat keine Kinder, liebt aber dieselben sehr und bat Deinen Vater oft, Dich ihr abzutreten. Dein Vater konnte nicht dazu gebracht werden; erst jetzt, seit er bemerkt, daß wir beide uns nicht vertragen, beschloß er, der Tante nachzugeben und nun ist die Versöhnung erfolgt, der Zankapfel, nämlich Du, liebe Rosalie, bleibst ihr Eigenthum."

„Ich kehre also nie mehr in das Haus meines Vaters zurück?"

„Es scheint beinahe so."

Im Verlaufe des Gespräches äußerte nun Rosalie, wie hart es sie ankomme, von dem väterlichen Hause zu scheiden, da sie mit aller Innigkeit eines zärtlich liebenden Kindes an ihrem Vater hänge, und auch Josephine gerne als Mutter ehren und schätzen wollte, wenn sie als solche sich gegen sie bezeugen würde.

Inzwischen waren sie in Nußdorf angekommen und im Gasthof zur Rose abgestiegen, wo Zalenka das Abendessen bestellte.

Hier nun sagte sie zu Rosalie: „Ich will Dir einen Beweis geben, daß ich Dich liebe. Du willst, wie ich bemerke, nicht zu Deiner Tante, Du kannst das väterliche Haus nur mit großem Herzenleid verlassen? Gut denn, so kehre in Deines Vaters Haus zurück!"

„O mein Gott!" rief Rosalie freudig aus.

„Gut denn, schließen wir Frieden. Ich werde Deinen Vater dahin vermögen, daß er Dich nicht aus seiner Nähe lasse."

Rosalie war überglücklich; die Leiden vom Abende vorher, die harten Mißhandlungen hatte sie vergessen. Sie küßte in ihrem Glücke dieselbe Hand, welche sie so schmerzlich fühlte, sie dachte an ihr väterliches

Haus, an ihren Vater vor Allem, sie fühlte sich nicht zurückgesetzt, verstoßen, verwünscht, verflucht. Niemand war glücklicher als sie.

Frau von Zalenka ließ sichs vortrefflich schmecken. „Herr Gunold! rief sie dem Wirthe, stellen Sie uns eine Flasche Jacqueson ins Eis."

„Um Gottes Willen! sagte Rosalie, zwei Frauenzimmer eine Bouteille Champagner!"

„Haben die Herren allein das Recht, diesen Wein zu trinken? fragte Josephine. Wir leeren eine Flasche auf Deines Vaters Wohl. Kannst Du das zurückweisen? — Da mußt Du selbst Gift trinken, wenn es Deinem Vater gilt!" —

Als es zwölf Uhr schlug, fuhr der Wagen, welchen Zalenka gemiethet, durch die Nußdorfer Linie nach Wien. Die Straßen waren öde und leer, die Lampen brannten düster.

Der Wagen fuhr vor das Haus Gröblers.

„Ach mein Gott, klagte Rosalie, gewiß schläft jetzt der Vater schon, und ich hätte ihm noch gar zu gerne die Hand geküßt."

„Er schläft nicht, entgegnete Zalenka, wovon Du Dich sogleich überzeugen kannst."

„Ich will dem Hausmeister klopfen!"

„Unterstehe Dich nicht! — Du darfst kein Geräusch machen; wenn wir ins Haus treten, darfst Du kein Wort sprechen, auch über die Stiege mußt Du leise wie eine Katze schleichen, Niemand darf erfahren, daß wir nach Hause kommen."

„Aber der Vater!"

„St—!"

Das Thor ging von selbst auf. Rosalie erstaunte, sprach jedoch kein Wort.

Madame Zalenka nahm Rosalie bei der Hand. Es war der armen Tochter, als wenn ihre Peinigerin sie mit einigem Grimme festhalte, doch hing sie einem sie beängstigenden Gedanken nicht weiter nach.

In einem der Vorzimmer stand ein herabgebranntes Licht; Rosalie wollte eine Kerze, welche daneben stand, anzünden und in ihr Zimmer gehen.

„Wo willst Du hin?" herrschte Zalenka sie an.

„Auf mein Zimmer."

„Nein Mamsell! so haben wir nicht gewettet! fuhr die Entsetzliche auf, die plötzlich wieder zur Furie ward. Dort wirst Du schlafen, wo Du die vorige Nacht schliefst, dieß Gemach wird Dein Aufenthalt sein und bleiben, hörst Du? bleiben, so lange Du lebst! Erinnere Dich an den heutigen Tag, es war Dein letzter guter Tag, nun geht Dein Elend an, Dein Elend, ganz so, wie ich es Dir verkündet habe! — Glaubst Du, ich hätte Dich aufs Land mitgenommen, wenn das Loch, in welches ich Dich einsperre, schon so hergerichtet gewesen wäre, wie ich es für gut fand? Glaubst Du, ich hätte Dich so nachsichtig, freundlich und wohlwollend behandelt, wenn ich nicht gefürchtet, daß Du mir entlaufen oder Skandal machen würdest! Nein Mamsell! ich fand es für nothwendig, Dich zu täuschen. — Nun habe ich Dich wieder zu Hause, nun merke es Dir, wie Gottes blauer Himmel und die grünen Rasen und die Bäume und die Blumen aussahen, — das Alles siehst Du nicht mehr!"

„Barmherziger Gott! weinte Rosalie, Sie waren doch von dem Augenblicke an, als wir das Haus verließen, bis wieder zurück, so gut, so versöhnt!"

„Versöhnt? kreischte Zalenka, mich versöhnt mit Dir nichts als Dein Tod! — Marsch! hier hinein! Versuch es nicht, um Hilfe zu rufen, es wird Dir nichts nützen, denn ich sperre noch vier Zimmer, hinter welchen Dein Gefängniß liegt, ab. Fenster hast Du keine, eine Seitenthür findest Du nicht, denn ich ließ

Fenster und Thüren vermauern! Wenn Du nicht parirst, wird die letzte Thür auch noch vermauert, dann stirb am Hungertobe, Bestie!"

Rosalie glich einer Statue. Sie vermochte nicht mehr zu sprechen. Eine solche Heuchlerin, eine solche giftige Furie, ein so entartetes Geschöpf, ein so grausames, ruchloses Weib war über ihre Begriffe.

Die Thüre zu Rosaliens Kerker flog auf, Zalenka stieß sie hinein. Hierauf verschloß das Ungethüm die Thüre, ihre Tritte verhallten, Rosalie war in ihrem Gefängniß allein.

Sie stand in dem finsteren Gemache regungslos und wußte kaum, daß sie noch lebe.

Die Feuchtigkeit der Kammer, veranlaßt von dem frischen Mauerwerk, der häßliche Kalk- und Mörtelgeruch brachte sie endlich zu einigem Bewußtsein. Sie tappte umher. Sie stieß an einen Tisch, und fand auf demselben einen Krug mit Wasser und ein Stück Brod. —

„Bei Wasser und Brod, rief Rosalie, bin ich eingekerkert, wie ein Festungssträfling! Wie Einer, welchem die Todesstrafe in Kerkerstrafe verwandelt wurde! Ich sehe jetzt, was sie will; sie, deren Namen ich nicht mehr nenne, will mich wahnsinnig machen. Allmächtiger, allbarmherziger Gott! nimm mir meinen Verstand nicht! Ich muß ja beten können zu Dir! Und beten kann ich nicht, wenn ich nicht mehr denken kann!"

Rosalie warf sich auf die Knie und betete laut zu Gott. Als sie ihr Gebet vollendet hatte, suchte sie ihr Lager auf. Sie hatte nicht weit zu suchen, die enge Zelle war leicht durchforscht. Sie fand ein erbärmliches Lager. Die Hunde der Frau Zalenka hatten weichere Kissen.

„Die Hunde, sagte Rosalie, hat sie mir doch nicht herein gesperrt. Sie that's nicht, aus Mitleid für die Hunde that sie's nicht! Sie könnten ja krank werden die armen Thiere in dieser feuchten Luft, in diesen Mauern von kaltem Gestein, frischem Kalk und Mörtel."

Sie warf sich nun auf das Lager, dessen weichster Theil ein Strohsack war; was das Ding war, das man ihr unter den Kopf gelegt hatte, konnte sie nicht sogleich entdecken. Endlich fiel ihr der Ledergeruch auf. Man hatte ihr einen alten Polster aus einem sogenannten Wurstwagen, den Nässe, Regen und Schnee längst schon in Stein verwandelt hatten, als Kopfkissen gegeben.

„Immerhin! seufzte Rosalie. Hartherziges Weib, rief sie aus, Alles hast Du mir geraubt: meinen Vater, meine Freiheit, meine Gesundheit verlangst Du noch und mein Leben! — Das Vertrauen auf Gott kannst Du mir doch nicht rauben!"

Sie betete abermals zum allgütigen Schöpfer, dann schlief sie ein. —

Gröbler hatte sich vortrefflich zur Ausführung der ihm von seiner Konkubine gemachten Aufgabe brauchen lassen. Er war allein im ganzen Hause aufgeblieben. Alles jagte er, wie er sich ausdrückte, „ins Nest." Er lauerte am Hausthore, um das ruchlose Weib einzulassen, damit der Hausmeister nicht sehe, daß Rosalie wieder ins Haus gekommen und nicht Auskunft geben könne, wo sie sich befinde.

Ach, wie pochte dem alten Sünder sein schlechtes Herz, als er seine — Josephine wieder sah; um Rosalie kümmerte er sich nicht, mit der durfte ihre Peinigerin machen, was ihr beliebte.

„Hast Du Dich gut unterhalten?" fragte er die Gefühllose, als sie von der Einkerkerung Rosaliens zurückkam.

„Langweilig war's."

„Ich kann mir's denken; war ja ich nicht bei Dir."

Zalenka machte eine spöttische Miene. „Sie ist mir selbst ins Netz gelaufen, sagte sie sodann, und hat wieder heim verlangt."

„Das war g'scheidt!" entgegnete beifällig Gröbler.

„Du hast doch Alles so einrichten lassen, wie ich gesagt?"

„Gewissenhaft!"

„Und die Fenster sind bis oben vermauert?"

„Nicht ganz bis oben."

„Was? schrie Zalenka, es fällt also Tageslicht in die Kammer?"

„Nicht viel, bis auf einen halben Schuh sind die Fensteröffnungen vermauert worden. Der Palier hat's nicht anders gethan! Als ich ihm sagte, es kämen Erdäpfel in dieß Kämmerl, so antwortete er mir: dann werden sie in vierundzwanzig Stunden faulen, Luft müssen sie haben. Ich hab nachgeben, das Kammerl trocknet auch leichter, in acht Tagen kannst Du dann die Hund wieder dazu hinein thun."

„Ich werde es morgen sehen! Ist's nicht, wie ich's befohlen habe, und kann's nicht so bleiben, so mußt Du selbst den Maurer machen. Wenn ich das Weibsbild noch einmal in unsere Wohnung bringen muß, dann freue Dich!"

„Wenn die „Sali" nur nicht krank wird."

„Haha! Der zärtliche Vater regt sich! Du charakterloser Mensch! Ein für alle Mal erkläre ich Dir, Deine Tochter wird behandelt, wie ich will, oder ich geh aus dem Haus."

„Aber Pepi! flehte Gröbler, sei doch nicht gleich oben aus und nirgends an! — Ich bitte Dich um aller Heiligen willen, Du wirst doch eine unschuldige Bemerkung nicht übel nehmen. Wenn's nur nicht krank wird, hab ich g'sagt, Deinetwegen hab ich dieß g'sagt, weil Du Dich angetragen, daß Du sie dann pflegen willst!"

Die Dame Zalenka wollte etwas erwiedern; doch plötzlich sagte sie: „Es ist schon spät! ich sehne mich nach Ruhe!" nahm sodann ein Licht und entfernte sich.

X.

Die Criminalakten sagen, daß Rosalie nicht nur fünf, sondern fünfzehn Jahre, und wie die Beiträge zur Criminal-Rechtswissenschaft Nro. 8, Seite 175 angeben: „durch fünfzehn Jahre ganz ununterbrochen, aber von Michaeli 1838 bis 28. Jäner 1839 durch vorbedachte und besonders vorbereitete Verwahrung, sowie durch verschiedene einem schwachen Mädchen gegenüber zu starke Zwangsmittel an dem Gebrauche ihrer persönlichen Freiheit gehindert wurde." Seite 180 heißt es: „Rosalie wurde von Zalenka beständig mißhandelt; durch Reißen bei den Haaren, Schlagen, Stoßen und Treten bis auf das Aeußerste gepeinigt."

Wie Rosalie in ihrem Kerker lebte, kann sich der Leser sohin wohl denken. Die Luft in dem Loche, das ihr zum Aufenthalt diente, war unerträglich. Der Geruch von vierzehn Gefäßen, die neben einander standen, und in die sie im Verlaufe der Zeit ihre natürlichen Bedürfnisse entleeren mußte, war verpestend und hätte die beste Gesundheit untergraben müssen. Rosalie welkte hin wie eine Blume. Daß sie nicht lange ganz verkümmert und gestorben war, darüber wunderten sich die Aerzte, welche später in dieser Sache ihr Parere abzugeben hatten.

In den ersten Jahren verrichtete das Geschäft, die mit der Entleerung der natürlichen Bedürfnisse gefüllten Töpfe aus der Gefangenstube zu schaffen, Herr Gröbler und Frau Zalenka gemeinschaftlich.

Zalenka hatte jedoch dem bedauernswerthen Mädchen auf das Ausdrücklichste verboten, seinen Vater anzusprechen, mit einer Klage zu behelligen oder etwa gar um Barmherzigkeit zu bitten; nicht einmal Thränen durfte Rosalie in den Augen haben, wenn der Vater ihr Gemach betrat.

Später blieben die fraglichen Töpfe der Reihe nach stehen, und wenn es nöthig war, kam immer wieder ein neuer dazu, wie die Gerichtsakten angeben.

Wenn Gröbler seine Tochter sah, sprach er nie mit ihr; er hätte in Zalenkas Gegenwart nicht den Muth gehabt, sich nach Rosaliens Befinden zu erkundigen.

Rosalie trug all diese entsetzliche Pein die langen Jahre hindurch geduldig, sie machte nicht die geringste Anstrengung, sich in eine andere Lage zu versetzen. Sie bewies, so lange sie frei war, viel Muth und trat ihrer Feindin oft kühn und sogar keck entgegen, aber die gräulichen Mißhandlungen, die unausgesetzten Drohungen, die entsetzliche Haft und die Furcht, ihren Vater zu beleidigen, verwandelten sie in die größte Dulderin.

Daß während dieser langen Jahre, wo das arme Mädchen sich eingekerkert befand, die Kost, welche Rosalie erhielt, die erbärmlichste war, läßt sich denken; eben so war es mit der Kleidung, und namentlich zur Winterszeit ward sie nicht selten von Kälte und Hunger gleich sehr gepeiniget.

Es ist wirklich zu wundern, daß es möglich war, daß dieses von Seite der nichtswürdigen Zalenka mit der grausamsten Kaltblütigkeit und unerhörten Gefühllosigkeit durchgeführte Verbrechen so viele Jahre hindurch unentdeckt blieb. Allein die auf jede an Gröbler gestellte Nachfrage über den Aufenthalt Rosaliens gemachte bestimmte Versicherung, daß dieselbe bei einer Tante auf dem Lande sich befinde, hatte vorerst die Dienerschaft Gröblers irre geleitet; um so leichter war es nun, im Allgemeinen den Glauben hieran sicher zu gründen. Die übrigen Kinder kamen auch niemals nach Hause, und auch der Sohn war zu der Zeit, als Rosalie unsichtbar gemacht wurde, in einer entfernten Erziehungsanstalt versorgt worden. Von den Dienstboten hatte Zalenka diejenigen, in deren Rechtschaffenheit sie, wie sie sich nach ihrer Ansicht ausdrückte, Zweifel setzen mußte, allmählig entfernt und durch neue, ihr in jeder Weise dienstbare Creaturen ersetzt. Doch auch selbst gegen diese wagte sie nicht, ihr furchtbares Geheimniß bekannt zu geben. So blieb ihr denn nichts anderes übrig, als für die wenigen Bedürfnisse, welche zu Rosaliens kümmerlichem Fortkommen unumgänglich nöthig waren, selbst zu sorgen. In welch mangelhafter Weise dieses geschah, können die Leser sich wohl vorstellen.

Zalenka und Gröbler waren große Freunde von Ausflügen und kleinen Reisen in die reizenden Gebirgsgegenden Oesterreichs und Steiermarks. Seit nun erstere Rosalie in Haft genommen hatte, konnte sie nicht wohl länger als einige Tage abwesend bleiben; für so lange erhielt diese die unumgänglich nöthigen Lebensbedürfnisse zum Voraus in ihre einsame Zelle.

„Wegen dieser Bestie, sagte eines Tages Zalenka, werde ich nicht immer unter meinen vier Pfählen bleiben, ich will eine längere, großartige Reise in die Gebirgsgegenden antreten."

„Ich bin bereit, eine solche Partie mit Dir und einigen Freunden zu unternehmen; aber was soll mit Rosalie geschehen?" erwiederte Gröbler.

„Endlich habe ich eine Person, sagte Zalenka, der ich mein volles Vertrauen schenken kann, ich habe sie genau geprüft und instruirt, wir können ganz ruhig verreisen!"

„Wer ist diese?"

„Es ist Bertha. — Sie war schon bei Dir im Hause, ehe ich mein Quartier hier aufschlug. Sie ist auch nebst dem Bedienten Karl die einzige Person, die ich von dem Personale, das ich hier fand, duldete; sie hat sich bei mir beliebt gemacht, diese Person kennt keinen andern Willen als den Meinigen, und die wird meine Stelle bei Rosalie vertreten."

„Diese Schwärmerin, die hat ja immer nur Romane gelesen."

„Die liest sie noch. Ich habe ihr aber seit ein Paar Jahren lauter französische und zwar solche in die Hand gegeben, in welchen die schlechten Menschen das größte Glück machen. Die Bertha hat sich nun ganz umgeändert, Sanftmuth und Mitleid kennt sie nicht mehr. Bei Bertha habe ich erfahren, was Lektüre auf Menschen für einen Einfluß ausübt, besonders wenn ein Autor das Laster liebenswürdig und die Tugend langweilig und abgeschmackt zu schildern vermag. Ich habe ihr Rosalie aber nicht als eine Tugendheldin, sondern als eine nichtswürdige Person, die ihren Vater unter die Erde bringen will, geschildert, die, wenn sie nicht so strenge gehalten würde, Dir und mir nur Schande machte, die sich einbildet, der 30,000 fl. wegen, die sie besitzt, habe ihr Vater ihr nichts mehr zu befehlen, deßhalb sei sie strengstens zu überwachen, und dürfe nicht aus ihrem „Loche" heraus, um Dich nicht ins Unglück zu stürzen. Bertha versprach mir in Allem pünktlichen Gehorsam zu leisten, und ich bin überzeugt, daß ich mich auf sie verlassen darf."

„Superb! rief Gröbler, wir können also auf unserer Reise ganz ruhig sein?"

„So ruhig, als wenn wir in Wien blieben und ich den Schlüssel zu Rosaliens Gemach beständig in der Tasche hätte. Rosalie erfährt auch nicht, daß wir verreist sind, und muß daher jeden Augenblick fürchten, daß ich oder Du bei ihr eintreten. Ich habe Alles wohl und reiflich überlegt."

„Und wann reisen wir?" fragte Gröbler.

„Ich bin zu jeder Stunde bereit."

„Also dann Morgen, ja gleich Morgen!" versetzte der noch immer verblüffte Alte.

XI.

Die vorgehabte Reise kam sonach zur Ausführung. Wir aber wenden uns nun Rosalien zu, und wollen vernehmen, wie die schlaue und vorsichtige Dame Zalenka an der noch schlaueren Bertha sich dennoch verrechnet hatte.

Wir müssen hier in dem Leben Zalenkas eine Episode nachholen, die namentlich nöthig ist, um den weitern Zusammenhang und den Wendepunkt in dieser Erzählung zu geben. Bevor Josephine mit Zalenka vermählt war, hatte sie durch ihre außerordentliche Schönheit einen Kaufmann, Namens Lüdrich, gefesselt, der so in sie vernarrt war, daß er in blinder Leidenschaft ihrem Comfort und Luxus, vielmehr ihrem Hang, die größten Summen auf eine noble Weise zu verschwenden, sein ganzes bedeutendes Vermögen zum Opfer brachte, dann aber, als er zu spät einsah, wie leichtsinnig er gehandelt habe, zum Danke hiefür von ihr verlassen und verlacht wurde.

Dieser Mann hatte nun das Glück, daß er nach einiger Zeit, nachdem Josephine bereits mit Gröbler ins Einverständniß getreten war, durch Erbschaft in den Besitz eines bedeutenden Vermögens gekommen war, und so sich wieder ein Geschäft erwarb, das ihm die Renten in einer Weise abwarf, daß es ihm möglich war, ein ansehnliches Haus zu halten. Seinen größten Haß hatte er aber nun auf Josephine geworfen, um so mehr, da er überzeugt war, daß über kurz oder lang Gröbler dasselbe Schicksal zu Theil werde, was ihn bereits schon getroffen hatte. Diesem zu begegnen und Zalenka ihrem Untergange nahe zu bringen, war das unausgesetzte Bestreben Lüdrichs; allein an der übergroßen Verliebtheit Gröblers scheiterten alle Pläne, welche Ersterer gegen das schlaue Weib ersonnen hatte. Indeß selbst die lange Reihe von Jahren, welche bereits verflossen, erkaltete das

Streben Lübrichs nicht und führte ihn endlich an das gewünschte Ziel, wobei freilich auch Gröbler, und zwar nicht mit Unrecht den verdienten Lohn für seine zu große Nachsicht und die gänzliche Vernachlässigung seiner Vaterpflicht erhielt.

Lübrich muthmaßte schon längere Zeit, daß mit Rosalien ein böses Spiel getrieben worden sei; er hatte Alles aufgeboten, die vorgebliche Tante auszukundschaften, doch vergebens. Er versuchte desgleichen, die Dienstboten Gröblers für sich zu gewinnen; doch auch von diesen konnte er nichts Gewisses erfahren, da sie selbst zum wenigsten von dem wahren Verhältnisse, das in Gröblers Haus vorwaltend war, nähere Kenntniß hatten. Endlich kam er auch an Bertha, der das Verschwinden Rosaliens immer auch verdächtig war, und mit ihr im Einverständniß gelang es, die schlaue Zalenka zu überlisten und ihren Untergang herbeizuführen.

Wir wissen bereits, daß Bertha zur Wächterin und Wärterin für Rosalie aufgestellt wurde.

Diese war daher nicht wenig erstaunt, als die Thüre ihres Kerkers aufgeschlossen wurde und statt der Furie Zalenka Bertha eintrat.

„Was ist denn vorgegangen, daß meine Quälerin heute nicht zu mir kommt?"

„O, ich bitte Sie, erwiederte Bertha, jubeln Sie nicht, ich kann Ihnen auch nichts Besseres thun, als die gnädige Frau."

„Du wirst mich doch nicht mißhandeln?"

„Wie Sie's nun verdienen! — Gott im Himmel, was ist das für eine gräßliche Luft in dieser Kammer!" Bertha machte die Thüre weit auf. „Daß Sie nicht etwa Miene machen, mir entwischen zu wollen — die äußeren Thüren habe ich zugesperrt!"

„O ich Unglückliche! seufzte Rosalie, ich glaube nicht einmal, daß ich die frische Luft vertragen könnte!"

Bertha war allerdings erstaunt über die Leidens=
gestalt, welche sie an Rosalie erblickte, die durch ihre
bereits fünfzehn Jahre andauernde Haft und die vielen
Mißhandlungen zum Skelette abgezehrt war.

„Unterstehen Sie sich nicht, einen Schritt aus der
Kammer zu machen, oder ich rufe die gnädige Frau!"

„Ist sie denn zu Hause?"

„Versteht sich?"

„Und warum sendete sie denn Dich?"

„O ich werde jetzt öfter kommen."

„Ist sie vielleicht krank?"

„Gott bewahre! Das wäre Ihnen gerade recht."

„Ich würde dem Himmel danken, der mich meiner
Peinigerin auf einige Zeit entzöge."

„Sie verdienen es nicht anders."

„Bertha! sagte Rosalie, denkst Du wirklich so?"

„Gewiß! Sie sind ja boßhaft, undankbar, voll
Ränke gegen eine Frau, die —"

„Bertha, um des Heilands willen! Sieh meinen
zerfleischten Rücken an, betrachte die Wunden an mei=
nen Armen und Händen, an meinem Haupte!"

„Ich will nichts wissen, nichts hören und sehen,
ich sage Ihnen nur, Sie müssen mir pariren, sonst —"

„Was willst Du hier, Bertha?" frug Rosalie ernst.

„Ihr Frühstück bring ich Ihnen."

„Kaffee?"

„Ja! für heute mag's sein! Dann will ich Sie
fragen, ob Sie gesund sind?"

„Ich kann nicht begreifen, daß ich es bin, ja, daß
ich noch nicht todt bin!"

Widerspenstige Leute haben ein zähes Leben, erwie=
derte Bertha schnippisch. — Adjeu! ich gehe und
sperre Sie wieder ein!"

„Wie sich dieses Mädchen verändert hat, dachte
Rosalie. — Wie herzlich, wie gut, wie wohlwollend
war sie einst!" — Um sich bei dieser Hetäre zu erhal=

ten, hat sie ihre Denkweise, ihre Lieblosigkeit angenommen! O die Entsetzliche würde sie mir nicht gesendet haben, wenn sie nicht gewußt hätte, daß sie mit ihr gleiche Gesinnung besitzt."

Bertha blieb Rosalie ein Räthsel. So oft sie mit ihr sprach, erschien ihr das Mädchen härter, und dennoch erwies es ihr so viel Liebe und Theilnahme. Bertha ließ Tage lang die Thüre des Gefängnisses und das Fenster, das vom Nebenzimmer in den Garten ging, offen; sie brachte ihr bessere Speisen, reinigte sorgfältig das Gemach und stellte Blumen, welche Rosalie so sehr liebte, auf den Tisch der Gefangenen.

Lüdrich war inzwischen von Bertha über den traurigen Zustand Rosaliens genau benachrichtet worden. Mit Lüdrich im Bunde stand auch Justi, von dem wir früher gehört, daß er als Anbeter Josephinens dazu beigetragen hatte, daß Rosalien das traurige Loos der Einkerkerung bereitet ward; obschon er dieses ebenfalls nicht mit Bestimmtheit wußte, sondern auch der Meinung war, sie lebe entfernt auf dem Lande. Nun war ihm freilich Alles klar. Nun ward mit Bertha verabredet, sie möge Rosalie eines Abends in den Garten führen, wo die beiden Männer sich ihr vorstellen und sie zur Flucht bereden wollten. Doch wie waren sie erstaunt, als Rosalie ihre Anträge mit der größten Erbitterung von sich wies, und insbesondre Justi mit den schmerzlichsten Worten zu verstehen gab, daß zunächst er die Ursache ihrer langjährigen Leiden sei.

Nur mit Mühe gelang es Justi, Rosalie von dem wahren Sachverhalt zu überzeugen, und alsdann von ihr die Erlaubniß zu erhalten, daß er, da sie zur Flucht durchaus sich nicht herbeiließ, es wage, nach der Rückkehr ihres Vaters bei diesem um ihre Hand sich zu bewerben, mit dem Versprechen, daß alles bisher mit Rosalien Geschehene ein Geheimniß bleiben und ihm keine Strafe zuziehen soll.

„Ich will prophezeien, was geschieht, versicherte Lübrich; auf den Antrag Justis geht Gröbler nicht ein, und vermöchte er es auch, das schändliche Geschöpf Zalenka hält ihn hievon ab. Sie merkt, das Vermögen Gröblers geht zur Neige; sie will nun Rosalie langsam hinsterben lassen; ihr Vater soll Erbe jenes Kapitals von 30,000 fl. werden, und dann soll dieses Kapital der Schändlichen zufallen, welche das größte Scheusal der neuesten Zeit ist!"

„Ich gebe die Hoffnung nicht auf, daß mein Vater auf den Antrag Justis mich retten wird."

„Gerettet werden Sie nur durch das Gericht; lassen Sie mich dieses heute noch zu Hilfe rufen, und Sie ersparen sich wahrscheinlich fürchterliche Mißhandlungen. Ich beschwöre Sie!

„Es lebt ein guter Gott; er wird mir beistehen! — Gute Nacht!" Rosalie entfernte sich mit Bertha, und trug dieser auf, von der Unterredung ja gegen Zalenka nichts merken zu lassen, bis Justi selbst persönlich bei ihrem Vater sich um sie bewerbe.

XII.

Zwei Tage später am Abende kamen Gröbler und Zalenka von ihrer Reise zurück, auf der es letztere an Abenteuern ihrer Art nicht hatte fehlen lassen. Das erste, was die Megäre that, war, daß sie Bertha ins Examen nahm. „Wie steht's mit der Mamsell, fragte sie; hast Du ihr nicht etwa gesagt, daß wir verreist waren?" „Kein Wort!" „Wie sieht sie aus?" „Schlecht!" „Hat sie Dir gefolgt?" „Ich würde es ihr nicht gerathen haben, daß sie widerspenstig gewesen wäre. Sie glaubte auch stets, die gnädige Frau sei in der Nähe." „Hat sie nicht nach mir gefragt?" „Einige Male." „Was hast Du ihr geantwortet?" „Ich machte ihr glauben, Euer Gnaden seien außerordentlich aufgebracht über sie und wollen sie gar

nicht mehr sehen!" „Hoho! das geht nicht; ich muß
sie sehen! ihr ja wieder eine tüchtige Lektion geben!"
„Wenn Sie aber keine Veranlassung haben!" „Ich
werde schon eine finden. Dieses Weibsbild verdient
auf jeden Blick Fußtritte und Ohrfeigen." „Sie ist
still und in sich gekehrt." „Weint sie?" „Sie hat
keine Thränen mehr." „Was hat sie gegessen?" „Was
Sie befohlen." „Ich habe eine sehr schlechte Kost an-
geordnet, aber sie wird nicht krank! Sie schöpft weder
frische Luft, noch macht sie Bewegung und ist dennoch
immer wohlauf. Dieses Weibsbild lebt ewig. Wenn
ich vier Wochen eingesperrt wäre, und in einer so dum-
pfen ungesunden Luft bei solcher Nahrung leben müßte,
so würde ich hinwelken wie eine Blume ohne Wasser.
Nun warte, Verworfene! ich werde schon noch etwas
finden, das Dich beugen soll." — „Wann werden Euer
Gnaden sie wieder sehen?" „Morgen. Heute bin ich
zu fatiguirt!" „Haben Euer Gnaden noch Etwas zu
befehlen?" „Vorderhand nichts! Der Herr wird ihr
20 fl. dafür schenken, daß sie auf das Haus und —
die Mamsell Acht gegeben." „Ich nehme nichts, Euer
Gnaden; ich habe blos meine Schuldigkeit gethan!"
„War Niemand hier?" „Der gewisse Herr alle Tage."
„Der wird ungehalten gewesen sein." „Und wie! Euer
Gnaden können ihn nur wieder gut machen, wenn Sie
ihn heute noch besuchen." „Der närrische Mensch,
sagte Zalenka, liebt mich gar so zärtlich!" Sie ging;
Bertha folgte ihr. —

Gröbler wurde von seinem Kassier mit der erfreu-
lichen Nachricht überrascht, daß während seiner Abwesenheit fällige Wechsel eingelaufen seien, daß es ihm
aber an Geld gebricht, dieselben einzulösen; daß es
überhaupt bei solcher Wirthschaft nicht mehr möglich
sei, daß Herr Gröbler noch lange existiren könne; zwei
Häuser seien bereits verkauft, die Kapitallen größten-
theils aufgezehrt, selbst das Haus, in welchem er wohne,

zum größten Theile verschuldet; nur die Zinsen aus dem Kapitale für Rosalie, von der man immer nicht wisse, wo sie sich eigentlich befinde, seien noch verfügbar. Er entwarf Gröbler überhaupt ein klares Bild darüber, wie es in seinem Hause sonst bestellt gewesen sei, und wie es jetzt da zugehe. „Vor Jahren, schloß er, wünschten alle reichen Leute, daß Sie ihren Kredit benützen und die Vermöglichen in Anspruch nehmen möchten; heute — will Ihnen der Schneider keinen neuen Anzug mehr machen, weil der frühere Conto noch nicht bezahlt wurde." „Jetzt hören Sie auf mit Ihrem Einst und Jetzt, oder Sie verlieren Ihren Dienst in meinem Hause!" äußerte Gröbler höchst aufgebracht. „Diesen werde ich auf jeden Fall verlieren, wenn es so fortgeht." „Marschiren Sie, Sie impertinenter Mensch!"

Der Bediente Karl trat ein und meldete den Doktor Herrn Heinrich Justi, der dringend mit Herrn Gröbler allein zu sprechen wünsche. Dieser erinnerte sich noch dunkel an den Namen dieses Mannes und befahl dem Bedienten, ihn einzuführen. „Ich bin Ihrer Fräulein Tochter die Wiederherstellung ihrer durch mich gekränkten Ehre schuldig," begann Justi. „Meine Tochter ist nicht in Wien." „Und wäre sie auf dem Nordpol; ich will gut machen, was ich an ihr verschuldet." „Was soll das heißen?" „Das soll heißen, daß, indem ich Ihre Tochter bei Ihnen verdächtiget habe, da ich Schuld bin, daß sie Ihre väterliche Liebe verloren, ich nun Fräulein Rosalie zu meiner Gattin erwählen will und mir hiezu Ihre Einwilligung erbitte." „Meine Tochter ist nicht in Wien!" „Aus der Welt ist sie nicht. Sie wird nach Wien zurückkehren." „Ich glaube nicht." „Dann will ich dorthin, wohin sie sich begeben; nennen Sie mir Rosaliens Aufenthalt und ich eile zu ihr." „Aber Sie sind hitzig! — Ich muß Ihnen sagen, über häusliche Sachen entscheid ich nie allein; ich habe eine Frau." — „Die aber nicht Rosaliens Mutter ist!"

„Alles Eins! Sie liebt Rosalie wie eine Mutter." Justi schwieg. „Es gebührt meiner Frau die Ehre, daß sie Ihren Antrag erfährt." „Lassen Sie sie ersuchen, hieher zu kommen." „Nein, das muß unter vier Augen besprochen werden. Warten Sie gefälligst hier ein wenig; ich bin alsbald wieder da." „Wenn es von dieser Hyäne abhängt, daß Rosalie mein werde, dachte Justi, so habe ich mich auf eine abschlägige Antwort gefaßt zu machen. Sei es! Dann aber breche über Dich das Unglück herein, entartetes, schmähliches Weib! Ich kann Dir dann nicht mehr helfen."

Justi mußte eine geraume Zeit warten. Endlich flog die Thüre auf und Josephine stürzte wie eine Furie herein. „Wie? schrie sie, Sie halten um Rosaliens Hand an? Sie kennen sie ja nicht einmal; Sie haben sie nie gesprochen!" „Dieß ist gleichgültig! Ich habe ein himmelschreiendes Unrecht an ihr gut zu machen; ich habe Rosaliens Ehre gebrandmarkt; ihr Vater hat sie verbannt; an mir ist es, zu erwirken, daß er sie wieder in seine Arme schließe!" „Ihr Vater hat sie nicht verbannt!" „Wo wäre sie? Niemand weiß, wohin sie gekommen ist." „Das geht auch Niemand etwas an!" „Doch! Rosalie, die unwürdig behandelte Tochter eines Wiener Bürgers, der kein böses Herz hat, was alle Welt weiß, ist Gegenstand allgemeinen Mitleids." „Unwürdig behandelt? Wer sagt dieß? Wer hat die Stirne, dieß mir zu sagen?" „Ich! Ich! Weil ich vor Jahren schon Zeuge war, wie Sie, Madame, über sie herfielen, als ich so schlecht, so bösherzig, ja so niederträchtig war, durch die Komödie, die Sie mir soufflirten, die Ehre jenes Engels zu beflecken." „Warum gaben Sie sich dazu her!" erwiederte Zalenka spöttisch. „Ich werde mich wegen Ihnen nicht ereifern. Ich erbitte mir nur einen genügenden Bescheid auf meine Bewerbung." „Den will ich Ihnen geben: Sie erhalten Rosalie nicht zur Gattin, und sollte ich zu Grunde gehen!" „Ganz gut, Madame, ich empfehle mich Ihnen ganz gehorsamst!"

Als Justi sich von Zalenka entfernte, wollte ihr fast die Brust zerspringen, in einer solchen fieberhaften Aufregung befand sie sich. Sie läutete Bertha. Nachdem diese erschienen, fuhr sie dieselbe an: „Wie soll ich sie nennen, sie nichtswürdige Heuchlerin! Sie hat während meiner Abwesenheit Jemanden Gelegenheit gegeben, mit Rosalie zu sprechen!" Bertha lachte laut auf: „Euer Gnaden muß die Reise nach Maria Zell gut angeschlagen haben, weil Sie zu solchen Späßen aufgelegt sind!" „Nicht Späße! Ernst, vollkommener Ernst. Justi war hier, hat den Ausweis über sein Vermögen, sein Doktordiplom, seine Moralitätszeugnisse, ja sogar einen Empfehlungsbrief vom Bürgermeister von Wien an Gröbler übergeben; er besteht darauf, Rosaliens Hand zu erhalten. Er hat mir übrigens Dinge zu verstehen gegeben, die mir unwidersprechlich anzeigen, daß er gut unterrichtet sei, was Rosalien für ein Loos getroffen." „Das vermuthet er vielleicht, und hat Euer Gnaden nur ausforschen wollen!" „Gott bewahre! Er brauchte nichts zu erforschen; er wußte bereits Alles! Er ist sicher im Hause gewesen!" „Es ist unmöglich, sage ich Euer Gnaden." „Dieser Mensch stieg vielleicht über die Mauer in den kleinen Hof, nach welchem Rosaliens Fenster geht." „Sie hat ja kein Fenster!" „Ein schmaler Streifen ist unvermauert geblieben, so sehr ich auch dagegen eiferte. Es ist Justi wahrscheinlich gelungen, Rosalie einen Brief zuzustecken, und sie hat ihn beantwortet." „Sie besitzt ja kein Schreibmaterial." „Das will ich doch sogleich sehen!" Zalenka eilte nach Rosaliens Gefängniß. Bertha wollte ihr folgen. „Sie hat mir nicht zu folgen; sie hat indeß in die Waschkammer zu gehen, und läßt sich nicht eher im ersten Stocke sehen, bis sie gerufen wird!" herrschte Zalenka ihr zu und verschwand.

Bertha rang verzweiflungsvoll die Hände; ihr ahnte bei der Heftigkeit, in welcher Zalenka sie verließ, für die arme Rosalie nichts Gutes. Sie eilte, Lüderich aufzusuchen, damit das unglückliche Geschöpf durch den Beistand des Gerichtes aus den Händen der Tyrannin befreit und wo möglich vor neuer Mißhandlung bewahrt werde.

XIII.

Mit Ungestüm trat Zalenka in das Gemach Rosaliens und befahl derselben, ohne Umstände zu bekennen, mit wem sie seit der Zeit, da Bertha sie verpflegt habe, in Verkehr gekommen sei? Nachdem Rosalie ihr erklärte, daß sie außer Bertha Niemanden gesehen, noch gesprochen, rief Zalenka: „Für Dein Läugnen geziemen Dir einige Ohrfeigen, Bestie!"

Sie mißhandelte nun Rosalie so sehr, daß diese zu Boden fiel. Ihre Quälerin kümmerte sich um ihr Wehklagen nicht im Geringsten, sondern fing an, das Gemach zu durchsuchen, ob sich nichts Verdächtiges vorfinde. Sie fand Rosaliens Gebetbuch, das Bertha ihr in das Gefängniß gebracht hatte, und in diesem war zufälliger und unglücklicher Weise noch ein Brief von Justi, den derselbe gleich nach dem Attentat gegen Rosalie, zu dem er sich durch die schändliche Josephine in seiner blinden Liebe hatte verleiten lassen, an diese geschrieben, und wo er sagt: „Erhalte ich Ihre Adresse aus dem Verbannungsorte, den man Ihnen angewiesen, dann soll Ihnen auf immer geholfen werden und Genugthuung sollen Sie erhalten, Genugthuung auf eine Weise, die Sie überraschen wird!"

Nachdem Zalenka diesen Brief gelesen, steigerte sich ihre Wuth zur Raserei. „Da ist der Beweis, daß die Bestie korrespondirte. Sie schrieb dem frechen Buben ihre Leidensgeschichte. Warte, diese soll nun zu Ende gehen! An Deinen Vater schriebst Du die empörendsten Briefe über mich; nun auch an fremde Menschen!"

Sie stürzte wie ein Tiger auf Rosalie. Diese lag noch auf der Erde und stöhnte vor Schmerz über die bereits erlittenen Mißhandlungen. Zalenka ergriff Rosalie bei den Haaren, und zog sie mitten in die Kammer, um ihre Streiche sicherer auf das arme Opfer führen zu können. Sie hatte eine eiserne Stange von einem Fenstervorhange mitgebracht, und schlug nun die Aermste, deren Haare sie sich um den Arm gewunden, so, daß Rosalie wie todt zurücksank und aus allen Theilen des Körpers blutete. Bewußtlos ließ sie ihr Opfer liegen und eilte aus der Kammer, die sie sorgfältig verschloß und den Schlüssel zu sich steckte.

In ihr Zimmer zurückgekehrt erklärte Josephine, daß sie heute auswärts zu diniren wünsche, und Gröbler säumte nicht, sogleich den Befehl zu geben, daß eingespannt werde, um dahin zu fahren, wo seine Angebetete es wünsche. Sie bemerkte bei der Abfahrt dem Hausmeister, wenn nach ihr gefragt werden sollte, möge er entgegnen, daß sie vor Abends nicht zurückkehre, indem sie das Theater an der Wien besuche.

Kaum war der Wagen Gröblers abgefahren, so erschien Bertha mit Lübrich und ein Paar Polizeikommissären mit mehreren Polizeidienern. Sie hatten auch gleich einen Schlosser mitgebracht.

Der Kerker Rosaliens wurde geöffnet. Da lag die Unglückliche auf dem Boden, einer Leiche ähnlich, sie athmete wie eine Sterbende. Aerztliche Hilfe wurde schleunigst herbeigerufen. Rosalie vermochte nur ein Auge zu öffnen, das andere war furchtbar anzusehen; auch hatte sie die Sprache verloren. Es wurde ein möglichst bequemes Lager für sie in dem Gemach bereitet, da die Aerzte für nöthig fanden, daß sie so wenig als möglich bewegt werde.

Die Polizeikommissäre untersuchten das Gemach genau, vernahmen Bertha und verschafften sich volle Kenntniß von Allem, was geschehen war. Von Rofalls vermochten sie freilich in diesem Zustande keine Aussage zu erhalten; aber ihr blutender, mit den entsetzlichsten Striemen bedeckter Körper, ihre Wunden und ihre Ohnmachten sprachen lauter und ausführlicher über ihre Leiden, als die redseligste Schilderung.

Nachdem Rosalie der besten Pflege übergeben, wurde beschlossen, die Marterkammer wieder zu schließen, und die Nachhausekunft Gröblers und seiner Geliebten abzuwarten. Die Herrn Kommissäre und die zwei Aerzte begaben sich inzwischen in das Schreibzimmer Gröblers.

Gegen zehn Uhr rollte die Equipage durch die Einfahrt des Hauses. Gröbler und Zalenka hatten im Theater an der Wien die Posse: „Dreißig Jahre aus dem Leben eines Lumpen" gesehen, und lachten noch immer über die Witze und Späße, die sie gehört.

Im Schreibzimmer Gröblers hörte man ein Geräusch.

„Ist denn Jemand da drin?" fragte Gröbler.

Er wollte in das Zimmer treten. Die Herren kamen ihm entgegen. „Wir erhielten den Auftrag, Ihre Nachhausekunft abzuwarten, sagte Einer. Wir sind Polizeikommissäre, und kommen, uns zu erkundigen, wo sich Ihre Fräulein Tochter, Rosalie Gröbler, befindet?"

Zalenka fingen bereits die Knie zu schlottern an.

„Meine Tochter Rosalie, stotterte Gröbler, befindet sich kreuzwohlauf!" „Nicht wie sie sich befindet, wo sie sich befindet? frage ich;" entgegnete der Kommissär.

„Wo? Wo? lallte Gröbler, wo ist sie denn gleich!" Er sah mit Entsetzen Josephine an, die leichenblaß geworden, sich aber schnell wieder gefaßt hatte. „Wünschen die Herren sie zu sehen — zu sprechen? sagte sie; Herr Gröbler kann seine Tochter ja vom Lande nach Hause rufen lassen." „Kost's, was kost't!" sagte Gröbler.

„Wir haben erfahren, daß Mademoiselle Rosalie Gröbler nicht auf dem Lande sei — sondern hier, im Hause — und völlig eingemauert — wie vor Zeiten die Verbrecherinnen; so erzählt man sich."

„Eingemauert? warum nicht gar eingegraben!"

„Wir wünschen, dem abscheulichen Gerüchte entgegen zu treten, und einem von bösen Menschen verleumdeten Vater Genugthuung zu gewähren. — Wir sind beordert, das ganze Haus zu durchsuchen. Führen Sie uns, Herr Gröbler, in jedes Ihrer Gemächer."

Zalenka wollte den Vorsaal schnell verlassen.

„Madame, erinnerte der Kommissär, Sie dürfen sich nicht entfernen; Sie bleiben, wo Sie sind!" Er öffnete die Saalthür und winkte. Zwei Mann der Polizeiaisistenz traten ein. Gröbler gerieth hierüber außer sich. „Herr Kommissär, sagte er, was ist das? Durch solche Maßregeln werde ich ja blamirt! Meine Frau wird behandelt wie eine Gefangene, mein Haus wie eine Festung — dagegen protestire ich!"

„Protestiren Sie ein ander Mal; ich befolge meine Aufträge. Nehmen Sie die Schlüssel; dort, wo Sie nicht aufsperren wollen, werde ich durch den Schlosser aufsperren lassen, den ich hieher beschieden habe."

„Nein, sagte Gröbler, wie man jetzt einen rechtschaffenen Mann, einen Bürger und Hausbesitzer behandelt, das ist doch außer aller Weis'!" Man ging.

Zalenka brach zusammen und sank auf ein Sopha nieder: „Man wird Rosalie finden! sagte sie für sich, ganz sicher in einem Zustande finden, der entsetzlich ist! — Wenn sie todt wäre! Für mich wohl das Beste! Wenn sie aber lebt und mich anklagt?!" —

Die Hausuntersuchung wurde vollzogen. Die Kommission nahm den Weg alsbald nach der verhängnißvollen Kammer, obschon Gröbler sie hievon wegleiten wollte.

„Schließen Sie hier auf!" sagte der Kommissär.

„Da drin, sagte Gröbler voll Angst, da drin sind Erdäpfel." „Schließen Sie nur auf! lautete der Befehl, wir wollen diese — Erdäpfel kennen lernen!"

„Ich habe keinen Schlüssel!" hauchte Gröbler.

„Schlosser! Aufsperren!" befahl der Kommissär.

„Um Gottes Willen!" rief Gröbler.

„Es ist offen!" meldete der Schloſſer.

Die Kommiſſion trat ein in das erleuchtete Gemach; zu den Füßen der Kranken ſaß Bertha.

Gröbler hielt ſich an einen Tiſch, um nicht umzuſinken; als er aber ſeine Tochter in dem jammervollen Zuſtande ſah, da preßte es ihm die Worte aus: „Großer Gott! Was iſt hier geſchehen?"

„Iſt dieß Ihre Tochter, oder iſt ſie es nicht?" frug der Commiſſär. Gröbler ſchlug die Blicke zu Boden.

Abſichtlich hatte man die Blutlacke nicht weggeſchafft; man ſtellte Lichter auf den Boden und wies Gröbler die Stelle, auf welcher Roſalie gelegen.

„Unnatürlicher Vater! donnerte der Kommiſſär Gröbler in die Ohren, da ſehen Sie hin, was aus Ihrem leiblichen Kinde geworden! — Wenn wir nicht ſchon früher hier geweſen wären, hätten Sie dieſes unglückliche Geſchöpf nicht mehr am Leben geſehen. Sie ließen Ihrer — vorgeblichen Frau freie Hand! Sie als Vater. — Ich habe Ihnen nichts weiter zu ſagen, als daß Sie mein Gefangener ſind. Im Hofe ſteht ein Fiaker, der wird Sie an den Ort führen, wohin Sie gehören. Gröbler ließ ſich fortführen; er ſprach kein Wort. Nach längerem Sträuben mußte auch Zalenka ſich dazu bequemen, ihm in einem zweiten Fiaker zu folgen. Als ſie einſtieg, ſtand ein Mann am Wagenſchlage, der ſchadenfroh lächelte; ſein Blick beugte die Verbrecherin mehr, als die Arretirung; ſie ſtieß einen Schrei aus. Dieſer Mann war Lüderich; er hatte ſein Ziel erreicht.

XIV.

Am Lichtmeßtage des Jahres 1839 durcheilte die Nachricht alle Gaſt-, Kaffee- und Privathäuſer Wiens, daß der reiche, allgemein bekannte Gröbler, mit ſeiner Geliebten im Bunde, ſeine Tochter eingemauert habe, um dieselbe langsam hinsterben zu lassen, und sich dann des ihr erblich zugewiesenen Vermögens zu bemächtigen.

Der Umstand, daß Gröbler und seine Geliebte noch in der Nacht vom 1. auf den 2. Februar, als beide aus dem Theater an der Wien nach Hause fuhren und da angekommen arretirt wurden; daß die Polizei die Tochter Gröblers in einem abgelegenen Behältnisse, in einem durch ihren Unrath verpesteten Loche gefunden, und sie aus diesem Gefängnisse befreite, steigerte das Gerücht zur Gewißheit, und nun hatte Wien wieder eine Geschichte im Geschmacke der Pariser Criminalfälle erlebt, über welche eine allgemeine Entrüstung und Verabscheuung herrschte. —

Es vergingen volle acht Tage, bis Rosalie so weit hergestellt wurde, daß sie zusammenhängend sprechen konnte. Die Verletzungen, die sie erlitten, waren zu groß, zu bedenklich, ja zu gefährlich, als daß man sie irgend einer geistigen Anstrengung, einer Gemüthsbewegung hätte unterziehen können; von einer gerichtlichen Vernehmung war gar keine Rede.

Nachdem sie die erste Nacht in ihrem Wundfieber überwunden, brachten sie die Aerzte in ein freundlicheres Gemach. Nach drei Tagen wurde sie in einer Sänfte in das Haus Lüdrichs geschafft, der sich der Leidenden mit aller Menschenfreundlichkeit angenommen hatte. Bertha war eine Krankenwärterin, wie keine bessere gewünscht werden konnte, und Justi besuchte, nachdem Rosaliens Zustand sich einigermaßen gebessert, die Geliebte täglich zwei Mal. Justi war der beste Seelenarzt für Rosalie. Jetzt erst gestand sie sich, daß sie ihn liebe und an seine Liebe glaube. —

Im Criminalgerichtsarreste war Gröbler in sich gekehrt, in tiefe Wehmuth versunken, schweigsam und duldend; er glich schon nach den ersten acht Tagen einem Gespenste. Zalenka dagegen war hochfahrend, keck, lärmend und herrisch; sie dominirte ihre Mitgefangenen, sie spielte die reiche Dame und drohte in Einem fort mit ihrer Rache. Gröblers einzige Sorge war zudem immer noch, wie es wohl seiner geliebten Josephine ergehen möge; sie von Schuld und Strafe zu befreien, war sein stetes Denken. Daher verschmähte er es nicht, auf Anrathen eines seiner Mitgefangenen, sein Kind bei den gerichtlichen Verhören auf eine unverschämte und gewissenlose Weise zu verläumden. Zalenka war noch gewissenloser; diese sagte Rosalien Dinge nach, welche mitzutheilen die Feder sich sträubt.

Allein abgesehen davon, schreiben die Beiträge zur Criminalwissenschaft Seite 186: „Daß durch vielfältige Nachforschungen sich vollkommen nachgewiesen hatte, daß Rosalie ehedem immer und auch vom Tage ihrer Befreiung bis zum Tage der Verurtheilung ihres Vaters und seiner Geliebten reinlich, arbeitsam, keine Plauderin und Ausläuferin, keine männersüchtige, sondern vielmehr eine sittliche und ehrliche Person gewesen sei. Gröbler konnte über den Grund der erwähnten, wider seine Tochter vorgebrachten Beschuldigungen befragt, nichts anderes antworten, als daß man Rosalie ihm so geschildert und er diesen Schilderungen unbedingt geglaubt habe. — Ueber die frechen Verläumbungen, welche Zalenka gegen Rosalie vorbrachte, wurde gerichtlich erhoben, daß diese dem unglücklichen Mädchen nur darum alle die schändlichen Laster aufgebürdet, um dadurch freie Hand zur immer strengeren Absonderung und Mißhandlung Rosaliens zu erhalten und Gröblern gegenüber irgend einen Zweck, den sie ihm verborgen halten mußte, erreichen zu können."

Während Gröblers finanzielle Verhältnisse aufs Mißlichste standen, und er bei seiner Verhaftung ohnedieß dem Bankerot schon nahe war, fand man bei Zalenka eine Baarschaft von fünftausend Gulden in Silber und achthundert neunundbreißig Stück Dukaten in Gold, über deren rechtmäßigen Erwerb sie sich nicht ausweisen konnte.

Endlich genas Rosalie. Sie mußte vor dem Criminalgerichte erscheinen und sagte unverholen und in Wahrheit aus, was sie auszusagen hatte. Die Richter hörten die Schilderungen ihrer Leiden mit der größten Theilnahme.

Wir kommen nun zum Schlusse unserer Erzählung. Das Urtheil ward gefällt. Gröbler wurde zu 2jährigem schwerem Kerker, Zalenka zu 3jährigem verurtheilt. Sie wurden beide in das Strafhaus abgeführt.

Rosalie vermählte sich vorerst nicht; sie wollte durchaus des Vaters Freiheit nach überstandener Strafe abwarten, aber diese Freude ward ihr nicht zu Theil.

Gröbler erkrankte in seinem Gefängnisse; die Demüthigung, die er erlitten, war zu groß; die Entbehrungen, welche ihm auferlegt wurden, waren für ihn zu empfindlich; an Jahren war er auch zu weit vorgerückt, als daß er so namhafte Drangsale hätte lange überdauern können. Er lag im Zuchthausspitale und sah der Stunde seiner Auflösung entgegen. Noch einmal aber wollte er sein geliebtes Kind sehen; dasselbe, welchem er so wehe geschehen ließ, umarmen, und aus seinem Munde erfahren, daß es dem Vater verzeihe.

Man war so menschenfreundlich, des Vaters letzten Wunsch zu erfüllen. Rosalie wurde gerufen und an das Lager des Sterbenden geführt. Sie erkannte ihren Vater kaum mehr, er war ein Skelett geworden, der große stattliche Mann war zu einem Popanz zusammengeschrumpft.

Rosalie sank vor Entsetzen an seinem Lager nieder. Als sie sich erholt hatte, reichte ihr Gröbler die welke Hand und sprach mit schwacher, kaum hörbarer Stimme:

„Verzeihe mir, mein Kind, und lasse mich nicht von der Welt scheiden, ohne den Trost, daß Du gegen mich keinen Groll im Herzen hegst." Er machte eine lange Pause, bis er wieder zu sprechen vermögend war. „Wir hätten Alle glücklich leben können, wenn — wenn —"

Rosalie umarmte ihren Vater und sagte, daß sie nie daran gedacht, ihn anzuklagen, da sie wohl gewußt, wie jene Frau — sie sprach absichtlich kein herbes Wort aus; sie bedeckte des Greises Augen und Lippen mit Küssen und kniete vor seinem Lager nieder.

„Diesen Segen, den ich Dir jetzt gebe, sprach er, theile auch Deinen Geschwistern mit, die ich ebenfalls um Vergebung bitte. Möchte ich der Welt als ein abschreckendes Beispiel dienen, ihr zu zeigen, wohin Leichtsinn, thörichte Leidenschaften und vor Allem Pflichtvergessenheit gegen seine Familie führen, ich würde hinreichend Trost in jene Welt mit mir nehmen; mir haben meine schweren Sünden Ehre, Freiheit und Vermögen geraubt, und jetzt kosten sie mich auch noch das Leben! Rosalie, bete für mich! Ich fühle mein Ende!"

Die liebende Tochter schloß den unglücklichen Vater in ihre Arme und in diesen ruhend hauchte er seinen letzten Athemzug aus. — So ging der Traum, den seine unglückliche Gattin an demselben Orte gehabt, in Erfüllung. —

Erst nach einem Jahre vermählte sich Rosalie mit Heinrich Justi und lebte fortan glücklich.

Zalenka überlebte ihre Strafzeit und wurde nach 3 Jahren aus dem Zuchthause entlassen. Doch wohin sollte sie sich nun wenden. Sie besaß eine Schwester, die aber ganz das Gegentheil von ihr war, nur daß sie noch schöner war, als Josephine. Diese hatte einen ehrlichen Schuhmacher zum Manne erwählt, und nachdem sie Wittwe geworden, heirathete sie der uns bereits bekannte reiche Kaufmann Lüderich. Josephine hatte niemals um ihre Schwester sich bekümmert, da, wie sie sich ausdrückte, ihr diese zu gemein sei! Da sie nun erfuhr, daß sie mit Lüderich verheirathet sei, überwand sie sich, ihre Schwester um eine Unterstützung anzugehen. Sie trat in den Vorsaal bei Lüderich; da hing ihr Bild. Dasselbe Bild, das Gröbler von einem der ersten Wiener Künstler einst malen ließ. Ihre Schwester Eva ließ dasselbe bei der Versteigerung von Gröblers Nachlaß erstehen. Josephine trat vor das Bild hin. „So war ich einst!" sagte sie; sie warf einen Blick in den Spiegel: „So bin ich jetzt!" rief sie aus. Das Bild zeigte allen Liebreiz einer schönen üppigen Frauengestalt; das Original, seit 3 Jahren im Gefängnisse, um 2 Decennien gleichsam älter geworden, erdfahl das Antlitz, die Augen erloschen, die Gestalt gebeugt, das Herz gebrochen; der angeborne Stolz im Zuchthause gebändigt, erkannte sich kaum selbst mehr; sie seufzte tief auf und sank unwillkührlich auf einen Stuhl. Ludrich hatte erfahren, wer sich bei ihm eingefunden. Er trat auf die Unglückliche zu. „Madame, sagte er, Sie scheinen auf Ihre Schwester, meine Gattin, zählen zu wollen, damit sie Sie unterstütze. Sie befinden sich in einer schrecklichen Lage. Meine Frau weiset Ihnen jährlich 600 fl. an, die Sie in Monatraten pünktlich ausgezahlt erhalten sollen. Dieß thut eine Schwester für ihre Schwester — als Lohn für die Zurücksetzung, die Sie ihr stets erzeugt. — Ich übergebe Ihnen hier 300 fl., damit Sie von Wien an irgend einen kleinen Ort übersiedeln und dort leben können. Verfügen Sie sich an einen Platz, wo man die Geschichte von dem „eingemauerten Mädchen" nicht kennt. Jetzt werde ich meine Frau auf Ihren Besuch vorbereiten und Sie mit ihr allein lassen. Leben Sie wohl!" — Zalenka besuchte ihre Schwester; es gab eine herzzerreißende Szene. Am andern Morgen reiste Josephine nach Ungarn ab. In Wien hat man sie nie mehr gesehen.

Wie später verlautete, soll Zalenka in Folge einer scheußlichen langwierigen Krankheit, wozu ihr sündhafter Wandel in der Jugendzeit den Grund gelegt hatte, in ihrem Heimatslande hilflos gestorben sein, und so den gerechten Lohn für ihre Lieblosigkeit schon dießseits empfangen haben.